Kletter :

Beislführer durch Wien
Innere Stadt

Gerhard Kletter:

Beislführer durch Wien
Innere Stadt

Verlag Mayer & Comp.
Klosterneuburg – Wien

Impressum

ISBN 3-901025 – 76 – 6

 Gesamtherstellung: Mayer & Comp.

INHALT

EINLEITUNG

Eine Studie über Wiener Gastronomiebetriebe aus dem Jahre 1997 zeigt eine stark wachsende Konkurrenz für das alte Wiener Beisl. Die Furcht vor der ökonomischen Zukunft ist so ausgeprägt, daß mehr als ein Drittel der Wirte augenblicklich ihre Arbeit beenden würden, sollten sie einen Käufer für ihr Lokal finden.

Es wird zwar heute mehr ausgegangen als früher - doch die Zahl der Gastronomiebetriebe ist insgesamt gestiegen. Vor allem aber ist es die wachsende Konkurrenz der ausländischen Küche, die den bodenständigen Gastwirten zu schaffen macht. Es gibt fast 500 Restaurants, die „ethnic food“ anbieten - in der Mehrzahl Italiener und Chinesen. Dazu kommt noch eine rasch wachsende Zahl von kleineren und größeren Restaurantketten, die „fast food“ anbieten. Von Mc. Donalds bis zum Schnitzelfritzl.

Vom ersten bis zum neunten Bezirk werden einer Bevölkerung von rund 430.000 Bewohnern weit mehr als 200.000 Eßplätze angeboten. In den äußeren Bezirken wiederum konkurrieren unzählige Heurigenbetriebe mit Beiseln und Restaurants. Es ist kein Wunder, daß die durchschnittliche Auslastung der typischen Altwiener Restaurants nur 15 % beträgt. Für viele Wirte zu wenig um zu überleben. In den letzten 10 Jahren haben auch bereits mehr als 90 typische alte Beisel zugesperrt. 90mal ist ein altes Stück Wien unwiderruflich verloren gegangen.

Eine weitere Studie aber kann den Wiener Beiselwirten wieder Hoffnung machen. Die Arge Nielsen-Regio Plan hat in einer repräsentativen Umfrage ermittelt, daß 34 % der Österreicher einmal in der Woche zu „fast food" greifen - allerdings nur 20 % kaufen Würstel, Hamburger und Pizzaschnitten wegen des Geschmacks. 70 % greifen zu diesen Produkten ausschließlich wegen der Schnelligkeit, mit der diese zu kaufen und zu essen sind. Und abgesehen von Pizza haben Wiener am liebsten den bodenständigen Würstelstand, der ja prinzipiell im ähnlichen Geschmacksbereich liegt wie ein traditionelles Beisel. Mehr als 470 Millionen Euro wurden im Jahre 1997 in fast food Lokalen umgesetzt. Es müßte doch möglich sein, daß bodenständige Wirte an diesem Kuchen mitnaschen - die Gäste wollen ja diesen Geschmack !

Zum Glück für Beiselwirte wird heute nicht mehr so stark wie früher über Nahrung und Lokale die soziale Schicht und Klasse definiert. Auch der Herr Generaldirektor wird gelegentlich das Beisel am Eck genießen. Und fast jede soziale Schicht besucht heute gelegentlich auch Luxusrestaurants. Daher haben wir den Begriff „Alt Wiener Lokal" sehr weit definiert. Jedes kleine Beisel und jedes große Restaurant, das sich um die Wiener Küche bemüht, ist prinzipiell ein Wiener Lokal.

Der Autor des vorliegenden Buches hat sich die Aufgabe gestellt, bezirksweise die lokale Geschichte der Gastronomie zu beschreiben. Auch garniert mit G´schichterln, die uns erzählt wurden oder die erzählt werden. Bewußt geben wir keine detaillierte Bewertung der angebotenen Speisen, da wir annehmen, daß Wiener Schnitzel, Beuschel, Gulasch und die vielen anderen typischen Wiener Köstlichkeiten doch überall eine gewisse Ähnlichkeit in Präsentation und Geschmack aufweisen. Das Anliegen war es, über Besonderheiten und Geschichte alter und neuerer Wiener Restaurationsbetriebe sowie der Umgebung, in die sie eingebettet sind, zu erzählen und die in einem der üblichen Beiselführer naturgemäß nicht drinnenstehen. Über manche Beisel war kaum etwas zu berichten, über andere wieder viel. Es ist auch die Geschichte der Stadt, eines Bezirkes oder nur des Grätzels, die verständlich macht, warum gerade an bestimmten Orten viele Restaurationsbetriebe existieren, an anderen wieder nur wenige. Daher ist ein Schwerpunkt dieses Beiselführers die historische Berichterstattung.

Als Tribut an die moderne Zeit war es uns auch wichtig zu erwähnen, wie schwer es körperlich Behinderte, Rollstuhlfahrer und Nichtraucher in manchen Lokalen haben. Auch ältere, gebrechliche Menschen oder solche, die einen schweren Unfall hinter sich haben und sich nun nicht mehr unbehindert bewegen können, gehören und sollten zu potentiellen Beiselbesuchern zählen. Denn auch diese wollen manchmal „ausgehen“ und das neue Selbstbewußtsein der behinderten und älteren Menschen, deren Gruppe immer größer wird, macht diese letztendlich auch zu einem für die Beiselwirte nicht zu unterschätzenden ökonomischen Faktor.

Damit aber ein potentieller Beiselbesucher auch weiß was ihn finanziell erwartet, haben wir - bewußt ohne auf das Preis-Leistungsverhältnis einzugehen - eine Einteilung in drei Kategorien getroffen:

PREISGÜNSTIG - Lokale in denen man billig essen kann (Hauptspeise zwischen 3 und 8 Euro).

MITTLERES PREISNIVEAU - Hauptspeise zwischen 5 und 10 Euro.

GEHOBENE PREISE - teure bis luxuriöse (LUXUS) Restaurants.

Wichtig war uns aber, auf jene Lokale besonders hinzuweisen, in denen alte Wiener Küche und Tradition noch gepflegt wird. Doch was ist die Wiener Küche eigentlich ?

DIE WIENER KÜCHE

Die Wiener Küche ist hauptsächlich eine Suppen-, Fleisch-, Erdäpfel- und Mehlspeisenküche. Die Speisen werden entweder lange gekocht oder in viel Fett herausgebacken oder auch im Backrohr zubereitet. Der Gemüse- und Salatanteil ist verschwindend gering. Also im modernen Sinn - g'sund ist die Wiener Küche nicht !

Das zentrale Nahrungsmittel ist der Erdapfel (Kartoffel), der noch weit vor Reis und Knödel in Form von Salat, Petersil-, Brat- oder Salzkartoffel, Pommes frittes, Kroketten und anderen Zubereitungsarten verspeist wird.

Normalerweise wird in Wien drei mal täglich gegessen. Traditionellerweise findet die Hauptmahlzeit zu Mittag statt. Daneben gibt es aber noch ein „zweites Frühstück", ein Gabelfrühstück, Jause und späte Mahlzeiten nach Heurigenbesuchen um Mitternacht.

Will man die sogenannte Wiener Küche detaillierter beschreiben, so scheint dies oberflächlich betrachtet, relativ leicht zu sein. Doch beginnt der historisch Interessierte einzelne Speisen genauer zu untersuchen, so merkt er bald, daß es nur wenig echte bodenständige Kost gibt. Denn fast alles was wienerisch scheint, wurde von durchziehenden Völkern und jenen, die länger geblieben sind und integriert wurden, zurückgelassen. Die Wiener Küche spiegelt die Situation wider, in der sich Wien geographisch befindet und in der sich diese Stadt jahrhundertelang befunden hat - Zentrum der Habsburger Dynastie und Hauptstadt des österreichischen Kaiserreiches: ein Schmelztiegel vieler Völker. Mit dem Begiff „Wiener Küche“ für das Konglomerat an Geschmäckern und Zubereitungsarten aus allen Teilen der Monarchie wurden die Völker der österreichischen Gebiete auch gastronomisch zu östereichischen Untertanen gemacht.

Den für die Wiener Eßkultur und sogenannte Gemütlichkeit so wichtigen Wein haben schon die Römer im Bereich des damaligen Vindobona gepflanzt. Würste sind eine Hinterlassenschaft der Germanen. Später lernten die Kreuzritter in fernen Ländern die Vorteile der Gewürze kennen und brachten diese in ihre Burgen nach Hause. Die Türken ließen auf ihrer Flucht nach der Belagerung Wiens Kaffee zurück. Der gezogene Apfelstrudel ist ebenfalls ein Relikt der türkischen Feldküche. Franzosen hinterließen nach den Napoleonischen Kriegen Souffles und die Geheimnisse der Rindfleischzubereitung. Die Folge von Getreideengpässen durch diese Kriege verhalfen dem Erdapfel zu seinem heutigen Stellenwert.

Sieben Jahre Ostmark ließen diese Erdäpfel zu Kartoffel, Paradeiser zu Tomaten und Karfiol zu Blumenkohl mutieren. Zehn Jahre amerikanische, britische und französische Besatzungsmacht ließen die „pommes frittes“ zur Lieblingsbeilage des Wiener Schnitzels werden und das Juice kam zum Wiener Frühstück. Doch den nachhaltigsten Beitrag zur Wiener Küche hinterließen die Bewohner der Donaumonarchie selbst.

Mehr als 25 Völker bildeten dieses Reich und haben ihren Tribut an die Wiener Küche, an die

Restaurants der Hauptstadt des Kaiserreiches abgeliefert. Aber auch Angehörige der Völker, die sich mit dieser Monarchie nicht identifizieren konnten, zogen in die Residenzstadt, um mit hier fremden Genüssen Geschäfte zu machen.

Im Jahre 1662 kamen die Genueser Brüder MARSANO als politische Flüchtlinge nach Wien, ließen sich auf dem „Conradswerd“ nieder und verkauften den Wienern nicht nur ihre heimatlichen Olivenöle, sondern unterwiesen sie auch in der Verwendung dieser und vieler neuer Gewürze. In der Folge kamen auch andere italienische Händler, welche die zahlreichen südländischen Teigwaren den Wienern schmackhaft machten. Die Wienerische Nudel- und Frittatensuppe entstand in dieser Zeit. Noch 1894 waren Makkaroni eine erklärungsbedürftige Spezialität: „Die Makkaroni bestehen aus einem festgeknetenen Teige, der aus Mehl, Eiern und Wasser in Fabriken bereitet wird. Die neapolitanischen sind die besten“ (RIEDL).

Heute gibt es den MARSANO in der Kettenbrückengasse - das erste Geschäft mußte durch den Abriß des Freihauses verlegt werden. Es gibt dort noch immer Öle zu kaufen.

Aus der Tradition der jüdischen Bürger Österreichs kommen die Rezepte für Krautwickel und gefüllte Paprika.

Sicherlich aber hat die böhmische Küche ihre tiefsten gastronomischen Spuren - auch in Form zu gut genährter Wienerinnen und Wiener - zurückgelassen. Denn die Mehlspeisen sind fast ausschließlich böhmischen Ursprungs. Nicht nur ausgebildete Küchenmeister kamen von dort nach Wien an den Hof des Kaisers und in die Küchen der Begüterten. Vor allem die berühmte „böhmische Köchin“ entfaltete eine „Breitenwirkung“ und brachte ihre bodenständige Kochkunst in adelige und bürgerliche Haushalte. Powidltascherln, Buchteln, Palatschinken, Pilsner und Budweiser Bier, sind typische Inhalte der Wiener Küche.

Aber auch das (ungarische) Gulasch, modifiziert in diverse hausspezifische Abarten bis hin zum Fiakergulasch, das nicht aus abgearbeiteten Kutschengäulen komponiert ist, stellt einen fixen Bestandteil der österreichischen Küche auf jeder echten Wiener Speisekarte dar. Ob nun der Schweinsbraten erstmals in der ungarischen Pußta verspeist worden ist oder im Böhmerwald mit den entsprechenden Knödeln, ist heute nicht mehr zu eruieren. Es ist auch gleichgültig. Denn mit den Zuwanderern aus allen Winkeln der Monarchie kamen die Speisen, blieben und wurden eingemeindet.

Als 1879 Bosnien-Herzegowina zum Habsburgerreich kam, brachte dies die serbische und dalmatinische Küche mit ihren türkischen Einflüssen nach Wien. Cevapcici, diverse Spieße und honigsüße - aus dem arabischen Raum stammende - Nachspeisen mixen sich seither in vielen Speisekarten mit den früheren bodenständigen Speisen, wie Tafelspitz und Wiener Schnitzel. Doch sind diese beiden letztgenannten typischen Wiener Speisen tatsächlich hier zuerst entstanden ? Beim Wiener Schnitzel ist es zumindest möglich - obwohl von China bis Süditalien viele Erfindungsorte kolportiert werden und Mailand als Ursprungsort am wahrscheinlichsten ist. Doch erst am Ende des 19. Jahrhubderts taucht „das Schnitzel“ erstmals in einem Wiener Kochbuch auf.

Der Tafelspitz, serviert als echte österreichische Spezialität auf so vielen öffentlichen Empfängen und staatlichen Banketten ist mit großer Wahrscheinlichkeit von Köchen des Napoleonischen Heeres am Anfang des 19. Jahrhunderts nach Wien gebracht worden.

Zum Ende des 20. Jahrhunderts ist Wien eben dabei, wieder eine fremdländische Küche zu integrieren. Ein Teil des Naschmarktes und anderer Märkte ist türkische Kultur geworden. Kebab, Falafel, Schafkäse, Oliven, Fladenbrot und Halva sind bereits eingewienert oder wurden wienerisch modifiziert - Puten- und Fischdöner sind nicht mehr echt türkisch sondern entsprechen mehr dem mitteleuropäischen Geschmack.

Wien wurde immer als Stadt eines Reiches gesehen, die deutsche Fürsten - die Habsburger - als ihre Residenzstadt auserkoren hatten. Doch echte deutsche Gerichte finden sich nicht bei einer Wiener Speisenfolge und selbst die nationalsten Burschenschafter essen lieber slawische Gerichte als Hering mit Tunke und Marmelade. Ist die Wiener Speisekarte auch ein Beweis, daß die österreichische Nation ein Konglomerat jener Völker ist, die in den letzten Jahrtausenden hier durchgezogen sind, erobern wollten und dann als Bürger geblieben sind - degeneriert wurden, wie der bösartige Wiener bemerken würde ? Doch wenn man dies auch völlig unpolitisch sieht, so ist es doch ein eigentümliches Phänomen, daß es in der sogenannten Wiener Küche kaum bodenständige, hier erfundene Gerichte gibt - abgesehen von einigen wenigen Speisen wie etwa gebackenen Kalbskopf und Hirn mit Ei. Oder ist vielleicht gerade dieses Phänomen das Wienerische an der Küche hier - das Vereinen verschiedenster Kulturen und Völker ? So wie es der Auftrag dieser Region war und ist, seit hier menschliche Wesen leben.

Gepflegt und gelebt wird die Wiener Eßkultur vor allem in den kleinen Beiseln, Restaurants und sogar Imbißstuben. Die Wiener Küche in den teuren noblen Restaurants ist natürlich schon auch echt - doch die Masse der vielen Küchenmeister, Köchinnen, Wirte und Wirtinnen betreibt die echte Kultur der Basis.

KÖRPERLICH BEHINDERTE IM RESTAURANT

Das Durchschnittsalter der Menschen in den Industrieländern ist in den letzten Jahrzehnten beträchtlich gestiegen. Eine Frau kann heute ein Lebensalter von weit über 80, ein Mann von etwa 78 Jahren erwarten. Es ist kein Wunder, daß es immer mehr Menschen mit leichteren und schwereren körperlichen Behinderungen gibt. Doch nicht nur das Alter kann Grund für eine Behinderung sein - auch jüngere Menschen, die durch Unfälle oder Krankheiten plötzlich an den Rollstuhl gefesselt sind oder ein Bein oder einen Arm nicht mehr gebrauchen können, sind körperlich behindert. Doch auch diese Wiener Bürger wollen immer wieder ein Restaurant oder ein Beisel aufsuchen.

Daher war es uns ein Anliegen, zu beschreiben, ob die hier erwähnten Lokale für leichter oder schwer Behinderte (Rollstuhlfahrer) zu benützen sind oder überhaupt nicht.

Naturgemäß ist es schwer, die mannigfaltigen Grade einer Behinderung mit den vielen unterschiedlichen baulichen Gegebenheiten der Wiener Beisel zu korrelieren. Denn viele historisch interessante Beisel sind auch für Menschen, die vielleicht nur einen Stock zur Fortbewegung benötigen, kaum zu benützen. Es gibt oft viele hohe Stufen, enge Windfänge und die Toiletten, die fast überall das größte Problem für Behinderte darstellen, sind verwinkelt und nur über Stufen zu erreichen. Dies ist primär nicht die Schuld der Besitzer.

Die meisten Wirte sind der Meinung, daß leichter körperlich Behinderte als Gäste gerne gesehen würden, daß man selbstverständlich bereit ist, einem Rollstuhlfahrer zu helfen, daß aber teure Umbauten aus finanziellen Gründen nicht in Frage kämen. Natürlich kann man von keinem Gastwirt erwarten, daß er in einer Zeit, in der es immer schwieriger wird, einen Gasthausbetrieb wirtschaftlich zu führen, noch Behindertentoiletten einbaut und große Veränderungen an der alten Bausubstanz vornimmt.

Leider sind oft auch in umgebauten oder neueren Restaurants die Toiletten im Keller. Ohne Lift. Zwar schön ausgestattet, hygienisch und mit genügend Platz. Der Weg dorthin aber führt über viele Stufen - eine beträchtliche Barriere für nur leicht gehbehinderte Besucher, unüberwindlich für schwerer Behinderte oder Rollstuhlfahrer.

Um hier auf einen Nenner zu kommen, haben wir unterschieden zwischen Lokalen, die FÜR LEICHTER BEHINDERTE GEEIGNET, also ohne Mühe zu besuchen sind für Behinderte, die selbstständig sind, Schwierigkeiten mit dem Gehen haben (auch ein Gipsbein nach einem Unfall führt schon zu Gehproblemen) und meist mit Stock unterwegs sind, also etwa auch selbständig eine Toilette im Keller über Stiegen aufsuchen können.

FÜR MITTELSCHWER BEHINDERTE GEEIGNET - also für Menschen, die Hilfe brauchen und alleine kaum gehen können, haben wir jene Lokale gesehen, die über ein oder zwei Stufen leicht zu betreten sind, die Eingangstüren nicht zu schmal und auch die Toiletten leicht erreichbar und ohne Schwierigkeiten zu benützen sind.

FüR SCHWERER BEHINDERTE GEEIGNET sind jene Lokale, die für Rollstuhlfahrer adaptiert wurden und die sie selbst ohne wesentliche Hilfe benützen könnten. Diesen strengen Kriterien haben nur wenige Lokale entsprochen.

Allerdings sind Gastwirte, ihre Angestellten und auch Gäste nahezu ausnahmslos zu Hilfe bereit und die Behinderten werden auch zuvorkommend bedient. Dies bedeutet natürlich, daß theoretisch Rollstuhlfahrer auch einige solche Lokale (mit Hilfe) aufsuchen können, die aus baulichen Gründen eigentlich nicht für sie geeignet sind.

Auf die Behindertentauglichkeit der Schanigärten sind wir nicht speziell eingegangen. Trotz der gelegentlichen Enge kann man aber davon ausgehen, daß diese für gewöhnlich auch von Rollstuhlfahrern gut benützt werden können. Und fast jedes Beisel der Inneren Stadt hat einen Schanigarten.

Behinderte sollten ihre Scheu überwinden, die sie oft haben, da sie sich Blicken und zu viel Mitleid ausgesetzt sehen. Sie sollten aber öfter in Wiener Lokale gehen, da sie dort willkommen sind und nicht als Unikate behandelt werden. Wir haben es ausprobiert.

DIE INNERE STADT - 1. WIENER BEZIRK

Wiener aller restlichen 22 Bezirke gehen, wenn sie im ersten Bezirk etwas zu tun haben, „in die Stadt". Und das meiste was sie zu tun haben, wird „in der Stadt" erledigt. Denn trotz Schleifung der Festungsanlagen und der engen Anbindung dieses Bezirkes mit seinen umgebenden alten Vororten und Vorstädten vor mehr als 150 Jahren, scheint noch immer eine imaginäre Mauer und ein Glacis zu existieren. Dieses Herz der Stadt ist auch noch immer etwas besonderes - trotz der heute noch engeren Bindung an die Außenbezirke durch die U Bahn. Noch mehr Wiener können jetzt noch leichter in die Stadt kommen.

Sehr viele Besonderheiten einer Stadt, eines Landes sind mit der geographischen Lage, mit der Geschichte zu erklären. Die imaginäre Barriere zwischen erstem Bezirk und seiner Umgebung ist vielleicht auch entstanden, weil die Innere Stadt seit dem frühen Mittelalter langsam ohne totale Zerstörung wachsen konnte, während die Vororte und Vorstädte durch die Türkenbelagerungen zweimal dem Erdboden gleich gemacht wurden. Es gibt außerhalb des ersten Bezirkes kaum Gebäude, die älter als 300 Jahre sind. Innerhalb der ehemaligen Wälle aber sind zumindest die Grundmauern manchmal zweitausend Jahre alt.

Dieses Zentrieren des Gesellschaftslebens, des Flanierens durch eine Stadt erzeugt auch dieses eigentümliche Phänomen, daß es in den Bezirken außerhalb „der Stadt" nur wenig attraktive Straßen oder

Plätze gibt, an denen eingekauft, spazierengegangen, geflirtet und getratscht wird. In anderen europäischen Städten, wie Rom, Paris oder Berlin gibt es viele Zentren des gesellschaftlichen Lebens - in Wien nicht - abgesehen von eindeutigen Vergnügungsstätten wie dem Prater oder den Heurigenorten. Hier geht man am liebsten in „die Stadt“.

Die Geschichte dieser Stadt beginnt vor 2000 Jahren.

Die Donau war damals die Grenze des römischen Reiches zu den wilden germanischen Stämmen, die über viele Jahrhunderte das Reich bedrohten. CARNUNTUM, die Hauptstadt der römischen Provinz Pannonien wurde bald zu klein für die hier stationierten Soldaten und so wurde an strategisch günstiger Stelle - dort wo hohe Felsen aufragten und diese an drei Seiten von Gewässer umgeben waren, ein neues Legionslager gegründet - VINDOBONA. Bis heute kann man ziemlich genau erkennen, wo die Mauern und Gräben dieses Militärlagers standen. Auch die Straßennamen sprechen zu uns. Vom „Graben“ zog sich die Befestigung über die Naglergasse bis zum „Tiefen Graben“, dann unregelmäßig begrenzt durch die Donau bis etwa zur Rotenturmstraße.

In weiterer und näherer Entfernung dieser Garnison entstanden die ersten Herbergen, da ja auch Händler und andere Reisende im Bereich der Militärstraßen gezogen sind und Unterkünfte brauchten. Da bald nach der Besetzung Pannoniens durch die Römer Wein angebaut wurde, angeblich gestattet und sogar initiiert durch Kaiser PROBUS, wird es auch eine Menge Weinschenken in der Umgebung Vindobonas und Carnuntums gegeben haben. Wir wissen nicht, wie diese genau ausgesehen haben - wir können es uns nur vorstellen. Bei Ausgrabungen im Raum von Wien wurde ein Gebäude gefunden, das nach Anlage, Bau und Ausschmückung ein Gasthaus gewesen sein könnte. Der Wiener Stadtarchäologe aber meint, daß es sich hier eher um die Überreste eines Bordells handelt. Da dies hier kein Bordellführer ist, können wir nicht näher darauf eingehen.

Nach etwa 400 Jahren wurde Vindobona zerstört - die Überlebenden richteten sich in den Ruinen so gut es ging ein und bauten wieder auf - mit den Steinen und Ziegeln der römischen Gebäude. In dieser Zeit des frühen Mittelalters waren es vor allem die Klöster, die Reisenden und Kranken Herberge boten. Die strategisch nach wie vor günstige Lage des mittelalterlichen Wiens ab der Regentschaft des Babenbergers Heinrich JASOMIRGOTT, der seit 1156 seinen Herrschaftssitz AM HOF hatte, machte die Stadt bald zu einem Zentrum des Handels - Herbergen entstanden außerhalb und innerhalb der Stadtmauern. Denn Wien war die letzte Station im mitteleuropäischen Kulturbereich zum unbekannten Osten.

So sammelte sich in Wien 1189 das riesige Heer der Kreuzritter um ab hier in fremde Gebiete weiterzuziehen. Die Masse der armen, frommen Pilger und Kämpfer fand in Pfarren und Klöstern Unterkunft. Die erste dokumentarisch belegte Herberge war das Schottenstift, das 1155 gegründet wurde und sehr bald Quartier und Kost für Wanderer und Kaufleute anbot. Dieses Quartier hieß „IM ELEND“, wobei „Elend“ damals die Bedeutung „Ausland“ hatte und erst später den Sinnwandel mit der negativen Besetzung erfuhr.

Die ebenfalls neu gegründeten Spitäler kümmerten sich vor allem um arme Reisende und Pilger, die krank aus dem Heiligen Land nach Europa zurückkamen. Wien war auch die erste europäische Auffangstätte für alle, welche die Kämpfe um die heiligen Stätten überlebt hatten. Seuchen schleppten sie mit sich und für solche Kranke und die vielen Aussätzigen wurden die „Siechenhäuser“ gegründet. Meist weit außerhalb der Stadt - zum Beispiel in St. Marx.

Etwa ab dem Jahre 1220 gründeten die Ritterorden, die Johanniter und der Deutsche Orden ihre Hospize, die vor allem ihren Mitgliedern Unterkunft geben sollten. In der Kärntnerstraße ist noch immer die eindrucksvolle Malteserkirche zu bewundern, die seit damals nahezu unverändert besteht.

Für Wien als aufstrebendes Handelszentrum waren jedoch auch die Gäste besonders wichtig, die Waren und Geld brachten und ihre Geschäfte innerhalb der Mauern der Stadt abwickelten. Die Handelsherren gründeten in Wien eigene Niederlassungen, die sie nach ihrer Herkunft benannten und in denen es ebenfalls Kost und Quartier gab. Der „REGENSBURGER HOF“ war eine der ersten. Er wurde am heutigen Lugeck gegründet.

Handwerker, die ja in der Gesellenzeit durch Reisen Erfahrung sammeln sollten, wurden meist privat bei Berufskollegen einquartiert, da sich dadurch auch die Bande unter den Zünften international verstärken konnten.

Durch diese Unterkunftsvergabe der Gruppen untereinander, gab es nur wenig Herbergen, die im heutigen Sinne die „Zufallsgäste“ aufnahmen. Diese waren - abgesehen von einzelnen Berufsgruppen - wie Donaumatrosen, Bauern etz. - eher am Rande der Gesellschaft angesiedelt.

Leider gibt es über diese Lokale keine Zeugnisse

oder Dokumente. Aber man kann sich ausmalen, daß die Räume dunkle verließähnliche, schmutzige und ungepflegte Orte waren. Sicher hat man einfachste Speisen bekommen können und natürlich Wein, der im Mittelalter eine der Haupteinnahmequellen Wiens war.

Erst aus der zweiten Hälfte des 15. Jahrhunderts sind uns die ersten Namen von Wiener Herbergen oder Einkehrgasthäusern überliefert. Der STEYRERHOF, der KÜSSDENPFENNIG, der WEISSE RABE und die GULDEN CRON.

Sehr oft haben in den nächsten Jahrhunderten die Wirtshäuser, Hotels und andere gastronomische Betriebe den Namen des Hauses bekommen, in dem sie sich befanden. Denn zur Orientierung in der Stadt hatte jedes Haus einen mehr oder minder interessant klingenden Namen erhalten.

1546 schrieb LAZIUS die erste Geschichte der Stadt und berichtete über 14 größere Gaststätten. Als bestes Haus galt der GOLDENE HIRSCH in der Rotenturmstraße. Steirer und Kärntner stiegen im GULDEN LÄMMEL ab, die Wällischen im ROTEN KREUSSEN, Ungarn im GOLDENEN LÖWEN, Böhmen im SCHABENRÖSSEL, Bayern im KÖLNISCHEN und REGENSBURGER WIRTSHAUS. Etwas billigere Herbergen waren die GOLDENE SONNE und das WEISSE RÖSSEL. Allerdings war der Komfort überall äußerst schlecht. Man schlief in großen Sälen und aß mit einem vom Wirt beigestellten Löffel gemeinsam aus großen Schüsseln. Nur in sehr teuren, vor allem dem Adel vorbehaltenen Gaststätten konnte man aus Zinngeschirr essen und trinken.

Ab 1624 wurde in Österreich die Post zur Beförderung von Personen über weitere Strecken herangezogen. Dies war eine gewaltige Konkurrenz für alle

Gastronomen der Inneren Stadt, 1929. (Leihgabe des Restaurants WEISSER RAUCHFANGKEHRER).

Gasthöfe, weil die Stationen wo Pferde und Kutscher gewechselt wurden, große Einkehrgaststätten waren, in denen die Reisenden bei jedem Aufenthalt essen und trinken konnten und auch über Nacht Quartier nahmen. Im 18. Jahrhundert war etwa der Abgangspunkt der Postkutsche nach Graz beim Gasthof ZUR GOLDENEN GANS beim Roten Turm.

Da sich Wien zur international bedeutsamen Stadt gewandelt hatte, kam es durch die Ausweitung der Diplomatie und die Ankunft Abgesandter diverser Staaten mit ihrem Gefolge zu einem neuerlichen Qualitätssprung der Beherbergungsbetriebe.

Die Türken wurden auf kaiserliche Kosten im GULDEN LÄMBL in der Leopoldstadt einquartiert, die Tripolitaner im BLAUEN BOCK in der heutigen Dreihufeisengasse, später im SCHARFEN ECK an der Donau.

1701 berichtet JORDAN bereits über 58 Gaststätten in Wien. 5 davon waren schon von LAZIUS erwähnt worden, bestanden also bereits 150 Jahre. 53 waren neu entstanden, so der WEISSE WOLF beim Fleischmarkt, der BLAUE STERN auf der Brandstätte, der MATSCHACHERHOF in der Seilergasse, die KÖNIGLICH HUNGARISCHE KRONE auf der Seilerstätte, der WILDE MANN in der Kärntnerstraße, die DREI HACKEN in der Renngasse, die MEHLGRUBE auf dem Neuen Markt und das GASTHAUS ZUM GULDEN JÄGERHORN in der heutigen Dorotheergasse.

Als die Türkengefahr 1683 endlich gebannt war und Wien den Glanz einer barocken Stadt zu entwickeln begann, wurde die MEHLGRUBE zu einem der nobelsten Etablissements Wiens umgebaut. In den drei riesigen Sälen, die in dem nun eher an ein Barockschloß erinnernden Bau entstanden, wurden die ersten Faschingsbälle des hohen und höchsten Adels gefeiert - fast vergleichbar mit dem Opernball unserer Tage.

Allerdings scheinen die Gasthöfe Wiens viel unsauberer gewesen zu sein als vergleichbare Lokale der großen anderen Städte Europas. Graf FEKETE DA GALANTHA schrieb darüber:

„Es ist beschämend für die Hauptstadt eines großen Staates, daß die kleinste Stadt im Reiche reinlichere und besser geführte Herbergen aufweist als Wien, von Frankreich oder anderen Ländern ganz zu schweigen. Hier herrscht in allem was man Gasthof nennt, der größte Schmutz. Man kann dort unmöglich wohnen oder essen ohne Ekel zu empfinden.“

Doch schon um 1800 begann sich alles in den Herbergen und Gasthöfen zu verbessern. Nach den Napoleonischen Kriegen war der Aufschwung gewaltig, der insbesondere durch den Fall der Stadtmauern und das rasche Wachstum Wiens ungebremst bis zum ersten Weltkrieg andauerte.

Doch die Initialzündung zur besseren Qualität der Gastronomie war sicherlich der Wiener Kongress, in dem Europa nach der Napoleonischen Ära neu aufgeteilt werden sollte.

100.000 Gäste höchsten und höheren Ranges kamen für viele Monate nach Wien. Unglaublich viel Geld floß in die Stadt und wurde auch zur Modernisierung und zum Neubau vieler Lokale verwendet. Damals bürgerte sich ein, die Lokale auch nach Fürsten, die in der Stadt wohnten, zu benennen. DER GOLDENE GREIF wurde zum ERZHERZOG CARL, die DREI HACKEN in der Renngasse wurden ZUM RÖMISCHEN KAISER.

Doch ab dem 19. Jahrhundert ist die Geschichte der meisten heute bestehenden Lokale dokumentiert und bekannt. Wir können also die Beiseln, Gasthäuser und Restaurants nun selbst erzählen lassen.

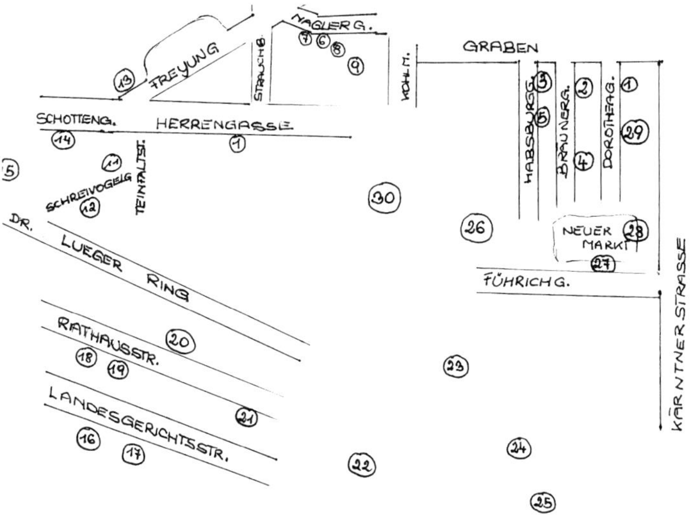

ZWISCHEN GRABEN, KÄRNTNERSTRASSE UND OPERNRING

Im Trubel der flanierenden, einkaufenden Wiener und Gäste der Stadt, sollte man den Blick nicht nur in Auslagen richten sondern auch einmal hinauf blicken. Gerade hier im Bereich des Grabens gibt es besonders schöne historische Häuser, in denen so manches Beisel, Restaurant oder ein Beherbergungsbetrieb zu Hause ist.

Zum Beispiel das Graben Hotel mit dem Restaurant

ALTENBERG (1)

Dorotheergasse 3 / 512 15 31
Täglich 11.30 bis 23.30 Uhr
Mittlere Preise
Für mittelschwer Behinderte geeignet

1511 wurde dieses Haus vom Kaufmann TAUBER erworben, der sich zu den Lehren LUTHERS bekannte. 1524 wurde er verhaftet und sollte barfuß vor der Stephanskirche mit einer Kerze in der Hand, im Büßerhemd dem lutheranischen Glauben abschwören. Da er jedoch statt zu büßen, heftig gegen die katholische Kirche wetterte, wurde er am 17. September des gleichen Jahres vor dem Stubentor lebendig verbrannt.

1700 gab es hier bereits ein Restaurant, das GASTHAUS ZUM GULDEN JÄGERHORN. Heute heißt es nach dem Wiener Original und Dichter ALTEN-

BERG, der hier viele Jahre gewohnt hat. Früher waren die meisten Gasthäuser auch Herbergsbetriebe und boten den Gästen vor allem Quartier für die Nacht. Erst ab dem Zeitalter des Biedermeiers begann man von zu Hause fortzugehen um zu wandern, einzukehren, zu essen. Am Abend kam man wieder nach Hause. Man brauchte nun kein Quartier für die Nacht. Das ALTENBERG aber ist im Gegensatz zu den meisten anderen Restaurants eine Herberge im klassischen Sinn - man wohnt hier und kann im hoteleigenen kleinen Restaurant gepflegt wienerisch speisen.

Gegenüber stand hier im 15. Jahrhundert eines der schönsten gotischen Häuser Wiens. Im Fasching 1456 war der junge König LADISLAUS POSTUMUS mehrfach zu Gast. Auch wurden in diesem Haus neben vielen anderen Gästen von der Stadt Wien auch jene Damen bewirtet, die zum Turnier des Herzogs SIEGMUND von TIROL gekommen waren. Heute steht hier einer der wenigen Reste der Wiener Häuser aus dem Hochbarock. Die breite Front des wunderschönen vornehmen Hauses ist der engen Dorotheergasse zugewandt, die Schmalseite dem Graben. Das bestehende Haus wurde von LUKAS v. HILDEBRAND etwa 1720 für den Grafen BARTOLOTTI-PARTENFELD zur Zeit des Kaisers KARL VI erbaut. 1766 kaufte dieses Haus Dr. PILGRAM, der Herausgeber der berühmten Bauernregeln von dem nun völlig verarmten Grafen.

Heute gibt es hier erst seit 1997 ein vorbildliches neues Alt Wiener Lokal. Bis 1972 stand hier noch eines der letzten Einkehrwirtshäuser in der Stadt - der REITER. Dieses Bohemienlokal war dann bis 1976 der erste „Reinthaler", geführt vom Vater des heutigen

Besitzers. Dann war's eine Bar. Und nun ist wieder - selten genug in den derzeit schwierigen Gastronomiezeiten - ein echt wienerisches Beisel gegründet worden. Neu eingerichtet mit allen Ingredienzien, die ein echtes Beisel so auszeichnen. Die Holzschank, die einfachen Holztische und Sessel, die (sehr kleine) Küche - mit Durchreiche, die freundliche Bedienung, die nicht zu umfangreiche wienerische Speisekarte. Das alles gibt's im neuen

REINTHALER S BEISEL (2)

Dorotheergasse 2-4 / 513 12 49
Montag bis Freitag 10.00 bis 23.00 Uhr
Samstag, Sonntag und an Feiertagen ist Ruhetag
Schanigarten
Mittleres Preisniveau
Auch für schwerer Behinderte geeignet

Herr REINTHALER Senior, hier 1965 noch ein Junior, im ersten „Reinthaler" beim Befüllen eines Glases aus dem „Doppler" zwischen KELI LIMONADE, Salzstangerln, Presswurst und BENSDORP SCHOKOLADE. (Familie REINTHALER).

In der nächsten Straße, der Bräunerstraße, wurde auf Nr.3 am 7. Dezember 1801 der Wiener Komödienschreiber Johann NESTROY geboren, der in seinen Stücken meist die Hauptrolle spielte und das Couplet zum zeitkritischen Kunstwerk machte. Doch berühmt sind seine Wortspiele, die oft noch immer Gültigkeit haben. Zum Beispiel: „Die Ehen werden im Himmel g'schlossen. Das ist der Grund warum nachher so viele aus alle Wolken fallen."

Sein Vater, ein Advokat, wohnte in diesem Gebäude, das 1761 errichtet wurde. Das Haus hat übrigens eine schöne Rokokofassade.

ILONA STÜBERL (3)

Bräunerstraße 2 / 533 90 29
Montag bis Samstag 12.00 bis 15.00 Uhr und 18.00 bis 23.00 Uhr
Sonntag ist Ruhetag
Schanigarten
Preisgünstig
Für mittelschwer Behinderte gut zu besuchen

1957 wurde dieses kleine Restaurant eröffnet. Den Namen der Besitzerin bekam dieses zunächst als einfaches ungarisches Wirtshaus gedachte Lokal - in Budapest würde man es „vendeglö" nennen. Die Jahre veränderten es kaum. Auch der alte ungarische Brauch, Brot nicht zu verkaufen, sondern als Gastgeschenk zu geben, ist geblieben. Die Kochkunst der Besitzerin und die treuen Gäste der gehobenen Bürgerschicht haben es nun zu einem preisgünstigen ungarischen Lokal der feineren Art gewandelt.

Ilona Stüberl, 1973. (Ilona).

HOFMEISTER (4)

Bräunerstraße 7 / 512 37 63
Dienstag bis Sonntag 11.30 bis 14.30 und 18.00 bis 24.00 Uhr
Montag ist Ruhetag
Schanigarten
Holzkohlengrill
Ab 18.00 Uhr Musik
Preisgünstig bis mittlere Preise
Auch für schwerer Behinderte geeignet. Lediglich beim Eingang und am Weg zur Toilette ist eine niedere Stufe zu überwinden.

Der Name ist seit dem Juni 1998 neu. Vorher war es das BUKAREST. Es war dieses Restaurant im niedrigen Gewölbe ein rumänisches Spezialitätenlokal, das weit über die Grenzen Österreichs bekannt war. Denn echte rumänische Speisen gab es außerhalb des Ursprungslandes nur mehr wenige. Doch als nun der rumänische Koch und der Kellner erkrankten, mußte

Restaurant HOFMEISTER. (KLETTER).

Herr JAKESCH kapitulieren. Es gab kein rumänisches Personal mehr - also wurde es wieder zu dem was es immer war - zu einem echten alten Wiener Lokal. Nun heißt es wieder nach Herrn Adalbert HOFMEISTER, der im Jahre 1950, gedrängt durch seinen Freundeskreis, dieses Lokal, das schon seit 1919 im Familienbesitz ist, in ein rumänisches Spezialitätenlokal umgewandelt hat.

Bis 1787 befand sich in diesem Haus der kaiserliche Kuhstall. Daher war der Hausname auch ZUM KÜJSTALL. Das wappengeschmückte Portal wurde 1684 errichtet und wurde bis heute trotz Um- und Neubauten erhalten.

Gastronomie hat es in diesen alten Gewölben schon seit 1723 gegeben. Damals hieß das Gebäude „FREIHAUS WALTERSKIRCHEN". 1878 gründete Frau Katharina BEYER hier die PROTIVINER BIERHALLE. PROTIVIN ist eine kleine böhmische Stadt mit einer Bierbrauerei. Ab 1902 wurde durch den neuen Besitzer, Herrn Josef WELLNER nur mehr Budweiser Bier verkauft. 1919 übernahm Herr HOFMEISTER das Restaurant und nannte es ZUM ALTEN BURGKELLER.

Von 1956 bis 1989 besaß die Tochter Herrn Hofmeisters dieses Lokal. Im in Österreich gemäßigten revolutionären Jahr 1968 war dieses Beisel ein Treffpunkt alternativer Studenten, die schon damals beim Klavierspiel des dem Arbeiterparadies entflohenen Rumänen, der seine alten Beine immer mit einer ebensolchen Decke gegen die Kälte schützte, unter dem Einfluß von Bier, rumänischem Schnaps und Balkankost mehr revolutionär dachten und sprachen als handelten. Heute sitzen sie in führenden Positionen und besuchen eher Lokale wie IMPERIAL, SACHER und ähnliche reaktionäre Plätze. Die heutigen Besitzer, Herrn Helmut und Frau Ute JAKESCH würde ein gelegentlicher Besuch dieser früheren Gäste, die sich damals hier wohl gefühlt haben, sicherlich freuen. Das Klavier gibt's noch - den Klavierspieler nicht mehr.

Und schon hat sich die nächste Generation bereit gemacht, dieses Lokal im alten Stil weiterzuführen. Vor allem die Kontinuität eines Familienbesitzes mit einer starken Identifizierung mit dem Lokal macht ein Restaurant zu einem klassischen Altwiener Beisel - völlig unabhängig vom Namen.

ADONIES (5)

Habsburgergasse 1 / 533 86 84
Täglich 10.00 bis 23.00 Uhr
Schanigarten
Preisgünstig
Für leichter Behinderte geeignet

Um 1350 gehörte das an diesem Platz stehende Haus dem Bürgermeister und Stadtrichter URBETSCH. Im 16. Jahrhundert stand hier das „Arkadenhaus" und 1876 wurde der heutige GRABENHOF mit den schönen roten Säulen erbaut, in dem es das noble, von den besten Wiener Kreisen besuchte Kaffeehaus TARONI gab. Später hieß es ZUM JÜNGLING, weil im Zentrum des Lokals ein lebensgroßes Bild eines „fesch" gekleideten jungen Mannes stand. Die Schönheit lebt offensichtlich im Namen der heutigen Mischung zwischen Kaffeehaus und wienerischem Restaurant weiter. Doch der Name wurde von den Besitzern libanesischer Abstammung nach einem noblen Bezirk ihrer Heimatstadt Beirut gegeben. Ein seltsamer Zufall. Doch Schönheit verschiedenster Art kann sich auch in einem einzigen Namen ausdrücken. Das zusätzliche „E" wurde aus rechtlichen Gründen eingefügt - es gibt schon ein Geschäft mit dem Namen ADONIS.

HOPFERL (6)

Naglergasse 13 / 533 26 41
Montag bis Freitag 11.00 bis 23.00 Uhr
Samstag 11.00 bis 16.00 Uhr
Sonntag ist Ruhetag
Schanigarten
Mittleres Preisniveau
Für Behinderte schwierig zu benützen (relativ eng).

Im Namen kommt der typische Wiener Diminutiv „ERL" vor. Es ist ja auch ein sehr kleines - von Jugendlichen mit von den Eltern gefüllter Brieftasche frequentiertes - Beisel, das nicht nur wienerische Speisen bietet.

Das Haus stammt aus dem 15. Jahrhundert und hatte den Hausnamen „Zur heiligen Dreifaltigkeit“.

STADTBEISEL (7)

Naglergasse 21 / 533 35 07
Täglich von 10.00 bis 24.00 Uhr
Schanigarten
Gehobene Preise
Für mittelschwer Behinderte möglich

Dieses gepflegte Wiener Restaurant befindet sich im seit dem Jahre 1684 erstmals registrierten „Madonnenhaus“, weil sich am Haus ein Relief der Madonna, die von Engeln umgeben ist, aus dem 18. Jahrhundert befindet. 1706 entstand das Haus in der heutigen Form durch den Bildhauer Ignaz NEUPAUER. 1748 erbte das Ursulinenkloster aus der ungarischen Stadt Raab das Haus und gründete ein Kloster dieses Ordens. Zweimal wöchentlich wurde hier im heutigen Gastzimmer, das früher der Speisesaal des Klosters war, eine „Klostersuppe“ für die Armen Wiens ausgegeben. Das Extrazimmer, vom derzeitigen Besitzer gebaut, war damals eine Einfahrt für Pferdefuhrwerke. Im Jägerstüberl befanden sich früher die Stallungen für die Pferde und im heutigen Wirtschaftsraum die Wohnräume der Stallburschen.

Die früheste Erwähnung einer Gaststätte in diesem Haus stammt aus dem Jahre 1745 - sie hieß NEUPAUERSCHES BIERHAUS. 1860 bis 1875 gab es hier das Gasthaus ZUM GRÜNEN BAUM, zwei Jahre existierte hier die WEINSTUBE ZICHMANN und von 1877 bis 1885 die Gaststätte ZUM SILBERNEN PFLUG. Die Namen und die Besitzer wechselten bis 1964 sehr

Stadtbeisel, 1998 (Kletter).

rasch. Das Ehepaar BINDER besann sich in diesem Jahr wieder auf den alten Namen ZUM GRÜNEN BAUM. 1978 erhielt das mittlerweile zum besseren gutbürgerlichen Restaurant mutierte Lokal den heutigen Namen. Familie PROKSCH übernahm 1991 Lokal und Namen unverändert und baute den Keller zum „Klosterkeller" aus, unter dem es noch zwei Stockwerke gibt, die zu den ehemaligen Katakomben gehören. Quergänge führen in andere Teile der Stadt bis zum Stephansdom, sind aber nicht mehr benützbar.

ESTERHAZYSTÜBERL im ESTERHAZYKELLER (8)

Haarhof 1 / 533 34 82
Montag bis Freitag 11.00 bis 22.00 Uhr
Samstag, Sonntag und an Feiertagen 16.00 bis 22.00 Uhr
Viele größere und kleinere Kellergewölbe
Schanigarten
Preisgünstig
Für Behinderte nicht geeignet

Im wunderschön neu renovierten Palais Esterhazy befindet sich oben das echte Beisel und unten der alte Weinkeller, der bereits 1562 erwähnt wurde und ein Stadtheuriger und eigentlich kein Beisel ist. Doch ohne diesen Hintergrund würde es das schöne Restaurant zu „Ebener Erd'" nicht geben.

Erstmals ausgeschenkt wurde hier während der zweiten Türkenbelagerung 1683, als der Heerführer Fürst Paul IV. ESTERHAZY den Verteidigern der Stadt kostenlos täglich zweimal Wein zum Zeitpunkt der Ablöse von Verteidigung und Wache an den Basteien und Wällen zur Verfügung stellte, um Mut und Zuversicht zu stärken. Nach der siegreichen Schlacht erhielt der Fürst ein kaiserliches Patent, wonach er „für ewige Zeiten" an das Volk und die Bürger Wein verkaufen dürfe. Erst 1808 machten die Nachfahren von diesem Recht Gebrauch und seither gibt es hier den Esterhazykeller. Bald war dieser ungemein beliebt, obwohl anfangs nicht weniger als fünf Liter Wein auf einmal verkauft werden durften - für viele Kunden damals vor allem ein finanzielles Problem. Erst später durften auch „Seidel" verkauft werden. Der Historiker PEMMER schreibt 1930 darüber: „Über eine halsbrecherische Stiege geht es in die Tiefe. Man holt sich den Wein

Im Esterhazykeller um 1900. (Esterhazykeller).

selbst und besorgt sich aus dem kleinen Verschlag neben dem Eingang einen Imbiß."

Seit 1808 bis heute ist es im wesentlichen so geblieben. Die halsbrecherischen 27 Stiegen gibt's noch immer - zum Glück führen sie nach dem Weingenuß nach oben - so hält sich die Verletzungsgefahr in Grenzen. Der Wein wird heute gebracht - der Verschlag ist ein Buffet geworden an dem es noch immer die herrlichen wienerischen ungesunden Speisen gibt.

Heute gehört das Haus einer Bank - Fürst ESTERHAZY ist ja 1989 verstorben. Seit 1990 gibt es den neuen Geschäftsführer, der schon vorher für das Palais gearbeitet hat und der jetzt im Jahr 1998 das Haydn Stüberl neu eingerichtet hat. Übrigens gibt es hier noch Spieße und Lanzen aus den Türkenkriegen zu besichtigen.

KERNS BEISEL (9)

Wallnerstraße 3 / 533 91 88
Montag bis Freitag 8.00 bis 18.00 Uhr
Samstag und Sonntag ist Ruhetag
Schanigarten
Nichtraucherstüberl
Mittleres Preisniveau
Für mittelschwer Behinderte geeignet

Ein echtes unverfälschtes Wiener Beisel mit alter Holztäfelung wie man es sich vorstellt und wie es auch sein soll. Der Dr. aus dem nahen Ministerium wird Hofrat genannt, der mittlere Beamte Ministerialrat und Herr Kern bedient alle gleich freundlich - aber bestimmt. Der Vater des Pächters hat dieses Lokal 1963 nachdem es ein Jahr geschlossen war, wieder aufgesperrt - als KERNS RESTAURANT. Nach 12 Jahren hat es der Sohn in das umgetauft was es ist - in KERNS BEISEL. Vor 1962 hat dieses Lokal GASTHOF ZUM ERSTEN WIENER WOLKENKRATZER geheißen - das sogenannte „Hochhaus" ist ja ganz in der Nähe - aber Wolkenkratzer war dieses nie. Daher ist der heutige Name sicher besser und auch schöner. Leider läuft der Pachtvertrag mit Familie Kern im Jahre 1999 aus und wird voraussichtlich nicht mehr verlängert werden. Hoffentlich bleibt hier dieses echte Wiener Beisel bestehen.

Das Haus, in dem sich KERNS BEISEL befindet, war Privatbesitz des Kaisers FRANZ I. Hier wurden adelige Gäste untergebracht, deren Rang zu niedrig war um in der Hofburg wohnen zu dürfen. Das Haus besteht bereits seit dem 16. Jahrhundert. 1684 wurden die ursprünglich zwei Häuser zu einem luxuriösen Palais umgebaut. 1740 wurde es an den Gemahl der

Kaiserin Maria Theresia verkauft. Seither heißt es „Kaiserhaus“. 1796 erfolgte ein Umbau, die Fassade wurde 1846 verändert.

Bei MAX (10)

Landhausgasse 2 / 533 73 59
Montag bis Freitag 11.00 bis 23.00 Uhr
Samstag, Sonntag und an Feiertagen ist Ruhetag
Preisgünstig bis mittel
Für leichter Behinderte geeignet

Ein Wiener Lokal mit kärntnerischem Einschlag.

Und so sind auch die Kas- und Fleischnudeln und ähnliche südliche Genüsse neben echten Wiener Speisen hier zu haben. Das Haus wurde 1839 erbaut.

Das Schubertbeisel und das Restaurant Schubertstüberl. (Kletter).

SCHUBERTBEISEL (11)

Schreyvogelgasse 4-6 / 533 71 87
Montag bis Freitag 9.00 bis 24.00 Uhr
Samstag und Sonntag ist Ruhetag
Schanigarten
Im Beisel preisgünstig, im Restaurant gehobene Preiskategorie
Für leichter Behinderte möglich

Dieses Haus, „Zum heiligen Michael" wurde 1771 erbaut. Vorher stand hier ein Kloster der Benediktiner. Bevor ein Gastronomiebetrieb gegründet wurde, gab es eine Schlosserei und eine Molkerei.

Die Umgebung sieht hier so aus, als hätte sich seither kaum etwas verändert. Auf der Mölkerbastei dürfen keine Autos fahren, es steht noch das PASQUALATIHAUS, in dem BEETHOVEN immer wieder Zuflucht vor den Unbilden der Welt gesucht hat. Besonders romantisch ist das wunderschöne „Dreimäderlhaus" aus dem Biedermeier in unmittelbarer Nähe des Restaurants SCHUBERTSTÜBERLN. Ein Teil dieses Gasthauses ist als Wiener Beisel mit entsprechend preisgünstigen Angeboten eingerichtet. Denn Herr ZIMMER, ein weltberühmter Meister der Kochkunst und Fernsehkoch, will auch die Altwiener Gastronomie für den kleinen Mann hochhalten. Dieser kann nach dem preisgünstigen Menü noch den historisch interessanten Bau von außen und innen genauer inspizieren. Es gibt (nicht begehbare) Kellerräume aus der Zeit der Türkenbelagerung, Klubzimmer und ein Barockzimmer mit einem herrlichen Deckenfresko aus dem 15. Jahrhundert. Die Schubertbüste wurde dem Besitzer bei der Eröffnung des Restaurants 1961 geschenkt - ein Unikat, das später als verschollen gegoltenes Werk des Biedermeierkünstlers Anton DIETRICH erkannt wurde.

Wenn auch das Restaurant und das Beisel etwas abseits vom Weg liegen - ein Besuch zahlt sich in jeder Hinsicht aus.

Gleich unterhalb der Bastei ist das alte Wiener Beisel

Zum HOLUNDERSTRAUCH (12)

Schreyvogelgasse 3 / 535 90 75
Montag bis Freitag 8.00 bis 24.00 Uhr
Samstag und Sonntag ist Ruhetag
Schanigarten
Kellerstüberl
Preisgünstig
Für mittelschwer Behinderte geeignet

Das heute bestehende Haus wurde 1894 erbaut.

Früher war die Bastei mit „Hollerstauden" bewachsen - daher der Name des Beisels seit 1937. Damals hat es der Großvater des heutigen Besitzers, Herr GÖSSINGER, übenommen. Dessen Vater hat die Agenden schon an seinen Sohn abgetreten - doch er wird noch immer gebraucht. Wenn man im oberen Gastraum sitzt, dann hört man in stark frequentierten Zeiten immer wieder nach dem „Opa" rufen, der eben wie in den meisten Familienbetrieben immer wieder gerufen wird „wenn's brennt" - denn er weiß alles und kann alles. Vor 1937 war dieses Lokal der „KLEINE RIEDER", den „GROSSEN RIEDER" gab's beim Rathaus.

WIENERWALD (13)

Freyung 5 / 533 14 20
Täglich 10.00 bis 24.00 Uhr
Garten

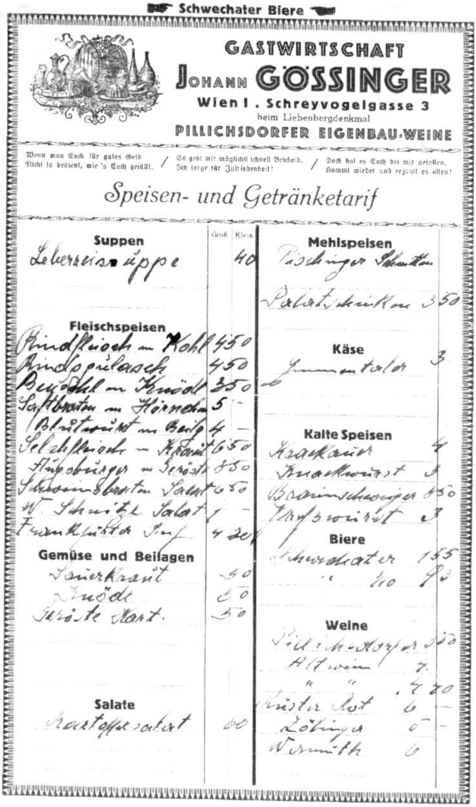
Schwechater Biere

GASTWIRTSCHAFT
JOHANN GÖSSINGER
Wien I. Schreyvogelgasse 3
beim Liebenbergdenkmal
PILLICHSDORFER EIGENBAU-WEINE

Wenn man Euch für gutes Geld Nicht so bedient, wie 's Euch gefällt, / So gebt mir möglichst schnell Bescheid, Ich sorge für Zufriedenheit! / Doch hat es Euch bei mir gefallen, Kommt wieder und erzählt es allen!

Speisen- und Getränketarif

Suppen — Groß — Klein

Fleischspeisen

Gemüse und Beilagen

Salate

Mehlspeisen

Käse

Kalte Speisen

Biere

Weine

Beiselspeisekarte von 1936 aus dem heutigen Holunderstrauch. (Holunderstrauch).

Mittlere Preise
Auch für schwer Behinderte mit Hilfe möglich

Wiener Restaurants sind üblicherweise nicht Teile einer gastronomischen Kette. Die „Wienerwälder“ aber gehören einer solchen an. Sind sie nun wienerische Lokale oder nicht ? Wir haben diese Restaurants teilweise doch zu diesen gezählt. Denn sie bemühen sich wienerisch zu kochen und Speisen - vor allem Backhendl - entsprechend der klassischen Wiener

Küche anzubieten. Weiters sind die meisten dieser Lokale in historisch interessanten Gebäuden oder an Stelle alter Beisel etabliert. Und so wird zumindest die Gasthaustradition weitergeführt. Daher besprechen wir diese Restaurants ebenfalls, weil es ohne diese Lokale so manche traditionelle Gaststätte nicht mehr gäbe und schon ein Schuhgeschäft oder ein „Chinese“ an seiner Stelle wäre.

Der Wienerwald auf der Freyung ist in einem uralten Gebäude untergebracht, in dem einmal die Weinschank des Schottenklosters war. Hier an dieser Stelle gab es den ersten historisch dokumentierten Beherbergungs- und Bewirtungsbetrieb Wiens. Das Kloster war außerhalb der mittelalterlichen Stadt errichtet worden und war seit Heinrich JASOMIRGOTT eine Freistätte für Verfolgte und Verbrecher - eine Freyung. Erst KARL VI hob dieses Asylrecht auf.

Auf „der Freyung“ bestand seit 1700 auf Nummer 8 das Wirtshaus „ZUM GOLDENEN STRAUSS“ und auf Nummer 9 eine schon 1506 urkundlich erwähnte Kellerschank. In dieser soll Dr. FAUST durch seine übersinnlichen Kräfte eine an die Wand gezeichnete Figur des Teufels zum Leben erweckt haben - die Kleider strahlten plötzlich in roten Farben, das Gesicht zeigte eine entsetzliche Blässe. Im allgemeinen Schrecken rief FAUST als Warnung: „Man soll den Teufel nicht an die Wand malen !“. Seit diesem Ereignis hieß dieses Haus „ZUM ROTEN MANN“. Eine andere Geschichte erzählt, daß hier der Scharfrichter von Wien wohnte und über dem Eingang eine Figur so rot und blutig wie möglich malen ließ um seine eigene Bedeutung zu dokumentieren.

KUPFERDACHL - Zum LEUPOLD (14)

Schottengasse 7 / 533 93 81
Täglich 10.00 bis 24.00 Uhr
Schanigarten (Brunnengartl)
Mittlere Preise beim „Leupold", unten im „Kupferdachl" gehobene
Beim „Leupold" auch für schwer Behinderte mit Hilfe möglich

Dieses Haus wurde 1892 gebaut. Schon damals wurde ein Restaurationsbetrieb an dieser Stelle geplant. Es entstand ein riesiger Saal mit einer Stehschank und einem Selbstbedienungsbuffet. Im Keller befanden sich die Küche und auch bereits Kellerstüberln, die bald von den Studenten der nahen Universität in Beschlag genommen wurden. Bis zur Übernahme durch die heutigen Besitzer 1952, war dieses Lokal der MITZKO, in dem zahlreiche Studentenverbindungen ihre Zusammenkünfte abhielten. Auch „schlagende Burschenschafter" fochten hier viele Mensuren und so mancher blasse, frisch verbundene Kombattant zeigte sich erleichtert und auch stolz oben beim Leupold um zu demonstrieren, daß die alte Burschenherrlichkeit noch lebt. Heute ist der Keller ein nobles Restaurant, das KUPFERDACHL, das im Gästebuch so manche Besonderheit aufzuwarten hat. So feierte hier fast die gesamte Regierung 1955 die Ratifizierung des Staatsvertrages. Um es nochmals klar zu machen: Unten ist das KUPFERDACHL, ein teures wienerisches Restaurant, oben ist der LEUPOLD, ein moderneres, aber doch typisches Wiener Beisel mit moderaten Preisen.

Das Spiegelzimmer beim MITZKO (heute Leupold) im klassischen Stil der 40er Jahre. Alles ist preussisch exakt auf ein Ziel gerichtet. 1942. (Leupold).

ZWILLINGSGWÖLB (15)

Universitätsstraße 5 / 408 69 75
Montag bis Freitag 8.00 bis 2.00 Uhr
Samstag 9.30 bis 2.00 Uhr
Sonntag ist Ruhetag
Schanigarten
Preisgünstig
Für Behinderte nicht möglich

Dieses Haus wurde 1878 erbaut. Weniger ein Wiener Beisel als ein Studentenlokal mit wienerischem Einschlag.

STEIRISCHE JAGASTUBEN (16)

Landesgerichtsstraße 12 / 405 61 33
Montag bis Freitag 10.00 bis 24.00 Uhr
Samstag und Sonntag ist Ruhetag

Das Kupferdachl 1998. (Kletter).

Im August ist geschlossen
Schanigarten
Mittleres Preisniveau
Für mittelschwer Behinderte möglich

Das Haus wurde 1886 erbaut. 95 Jahre dauerte es bis ein Restaurant hier eröffnet wurde - ein steirisches. Die Räume entsprechen dem Namen - dunkles Holz, Jagdtrophäen an den Wänden und gute steirische Schmankerln. Doch Wiener Küche wird ebenfalls gekonnt und gepflegt betrieben. Vorher war hier ein Espresso.

Gastwirtschaft zum LATERNDL (17)

Landesgerichtsstraße 13 / 409 95 65
Täglich 11.45 bis 14.30 und 18.00 bis 23.00 Uhr
Samstag zu Mittag ist geschlossen
Schanigarten

Mittleres Preisniveau
Auch für schwerer Behinderte möglich

Seit März 1997 gibt's einen neuen Besitzer - Herr ANGERER hat schon einmal sein Glück mit einem neuen Lokal, mit der WITWE BOLTE versucht und auch gemacht. Hier an der „Zweierlinie" ist das Leben deutlich härter. Der Verkehr lärmt vorbei ohne überhaupt ein Restaurant zu erkennen und wenn's einer sieht, dann ist ihm die Suche nach einem Parkplatz zu mühsam. Richter und Staatsanwälte des vis a vis stehenden Landesgerichts und auch die Anwälte mit ihren Klienten bleiben leider auf der anderen Seite der Straße im 8. Bezirk - erstens sind sie's seit Jahren so gewöhnt und die Schnellverkehrsstraße ist doch eine beträchtliche Barriere für ein rasches Mittagessen. Der Name des Restaurants wurde 1937 beim „Markenregistrierungsamt" angemeldet. Aber schon vorher hat Frau GRASSL um Gäste geworben. Das Weinstüberl und das Jagdstüberl sind noch so wie vor 70 Jahren. Dunkles Holz - auch an der Decke, Jagdtrophäen im einen, schöne Wandfresken im anderen Stüberl. So muß es einmal in Ritterburgen gewesen sein. Obwohl die einzelnen getrennten Logen nicht mehr bestehen, hat man hier das Gefühl von Geborgenheit. Denn der Gast spürt die liebevolle Betreuung und es gibt sogar gar nicht so wenig vegetarische Speisen - eher eine Seltenheit in Wiener Beiseln. Und wenn man's vielleicht schon vergessen hat oder es auch nicht gekannt hat - so haben manche Studentenlokale hier um die Universität ausgesehen. Mit den Butzenscheiben eine Mischung aus rustikalem und altdeutschen Ambiente - das BATZENHÄUSL, das einmal gegenüber der Universität stand, oder der ZIPFERBRÄU vermittelten einmal ein ähnliches heimeliges Gefühl. Ein Besuch hierher ist ein Besuch in die bereits vergangene Studentenzeit.

DORFSTUBE (21)

Rathausstraße 5 / 406 32 45
Täglich 8.00 - 20.00 Uhr
Freitag 8.00 - 16.00 Uhr
Samstag, Sonntag und an Feiertagen ist Ruhetag
Schanigarten
Günstige Preise

Dieses alte kleine Beisel hat größere Zeiten gesehen. Es hat schon beim Bau des Rathauses existiert. Die Steinmetze der damaligen Zeit hatten im Gegensatz zum Großteil der Bevölkerung durch ihr Spezialwissen und -können relativ viel Geld, das sie in Mittagspausen und nach der Arbeit in Speis und Trank anlegten. Damals haben die Besitzer sehr gut verdient - nach den Erzählungen des heute 80jährigen Neffen (der kleine Bub auf dem Bild) des Besitzers KUNISCH wurde damals das Geld jeden Tag in einem Handkarren weggeführt - so viel konnte damals in einem Beisel verdient werden. Der heutige Besitzer Herr KOLACZEK kann davon nur träumen. Leider träumt er nach 16 Jahren Arbeit als Beiselwirt von der Pension, die er nächstes Jahr antreten will. Sperrt dann wieder ein echtes altes Beisel zu ?

BÜRO (18)

Rathausstraße 11 / 405 06 77
Montag bis Freitag 10.00 bis 2.00 Uhr
Samstag und Sonntag 18.00 bis 2.00 Uhr
Schanigarten

Die heutige Dorfstube 1923. Die beiden Besitzer sind stolz auf ihr kleines Lokal und der kleine Bub auf dem Bild ist heute als 80jähriger noch Stammgast und kann so manche Geschichte von damals erzählen. (Dorfstube).

Mittleres Preisniveau
Für Behinderte schwierig

Hier hat Herr HORINOWICZ im Jahre 1993 das Wagnis auf sich genommen, ein neues Wiener Beisel an Stelle einer Gemischtwarenhandlung zu eröffnen. Den Namen hat das Lokal bekommen, damit seine vielen Gäste auch nach Dienstschluß sagen können: „ich bin noch im Büro".

ZUM KLEINEN RATHAUSKELLER (19)

Rathausstraße 11 / 405 12 01
Montag bis Freitag 10.00 BIS 24.00 Uhr
Samstag 17.00 bis 24.00 Uhr

Sonntag und an Feiertagen ist Ruhetag
Niedriges Preisniveau
Für Behinderte ohne Hilfe kaum möglich

1902 wurde hier für die „kleinen Leute“ ein Gegensatz zum noblen Rathauskeller geschaffen. Das typische dunkle Beiselambiente mußte 1996 einer Neurenovierung weichen.

Doch das helle Holz macht sich auch gut. 14 Jahre war dieses Lokal zuletzt im Besitz der Familie HARTL, seit April 1998 ist der neue Eigentümer Herr BIRINDZIEV.

EINSTEIN (20)

Rathausplatz 4 / 405 26 26
Montag bis Freitag 7.00 bis 2.00 Uhr
Samstag 10.00 bis 2.00 Uhr
Sonntag 10.00 bis 24.00 Uhr
Schanigarten
Günstige Preise
Für mittelschwer Behinderte möglich

Moderneres Studentenlokal mit wienerischem Ambiente, Speisen und viel Bierangebot. Ob der Namensgeber DER Einstein geworden wäre, hätte er hier seine Abende und Nächte verbracht?

WIENERWALD (22)

Bellariastraße 12 / 523 72 79
Täglich 8.00 bis 24.00 Uhr
Mittlere Preise
Abgesehen von den Toiletten, die im Keller sind, auch für schwer Behinderte möglich

So manchem, jetzt bereits ergrauten, mehrstellig-semestrigen Studenten ist der ZIPFERBRÄU, der hier vorher existierte und Schauplatz so mancher Biergelage war, noch ein Begriff.

KRÜGERL (23)

Burgring 1 / 587 82 80
Täglich 6.00 bis 2.00 Uhr
Vegetarische Speisen
Schanigarten
Mittlere Preise
Für mittelschwer Behinderte möglich

Bis zum 1. Mai 1994 gab es unter diesem Namen hier ein altes Wirtshaus. Nun gehört dieses neu renovierte und vergrößerte Lokal einer Gesellschaft, die auch Spielsalons betreibt. Frau BITTDORFER Daniela ist seither hier die Geschäftsführerin. In alten Beiseln hat's so etwas nicht gegeben. Weder Damen als Leiterinnen, noch Wettbüros. Vielleicht ist dies aber nur der modernisierte Spieltrieb - denn „geschnapst" wurde schon immer in solchen Lokalen oder einem anderen Spiel gehuldigt. Wir können heute nicht wirklich absehen, ob Wettbüros, die in Wiener Lokalen integriert sind, einmal „dazu gehören" werden. Denn nur mit Beiselküche und -ambiente kann heute kaum mehr ein Gastwirt überleben. Dort wo jetzt das Wettbüro ist, war einmal ein Greißler, das Stüberl war ein Eisgeschäft.

SMUTNY (24)

Elisabethstraße 8 / 587 13 56
Täglich 10.00 bis 24.00 Uhr
Schanigarten
Preisgünstig

Für leichter Behinderte möglich

Das Haus wurde 1862 erbaut und 1926 von Herrn SMUTNY gekauft.

Seither gibt es dieses Lokal.

GÖSSER BRÄU (25)

Elisabethstraße 3 / 587 47 50
Täglich 11.30 bis 23.00 Uhr
Mittlere Preiskategorie
Auch für schwerer Behinderte möglich

Dieses Haus hat zu Kaisers Zeiten der „Roten Erzherzogin" gehört, der Tochter Kronprinz RUDOLPHs. Bis 1912 befand sich hier ein großer Stall für die Pferde der Straßenbahn. Die Elektrifizierung machte diese arbeitslos und so wurde hier 1914 das größte „Volksrestaurant" der Stadt eröffnet. Es hat sich seither kaum etwas geändert. Im Keller haben 530 Gäste Platz, im Erdgeschoß, im GÖSSER PFIFF 70. Seit 3 Jahren hat hier Herr SEIDL das Kommando, der begeistert die alten Relikte zum Bierbrauen pflegt, so wie den alten über zwei Stockwerke reichenden Kühlschrank, der früher mit Eisblöcken betrieben wurde. Sein Vorgänger war Herr PILS. Man merkt auch an den Namen der Geschäftsführer, daß hier ein renommiertes Bierlokal ist.

REINTHALER (26)

Gluckgasse 5 / 512 33 66
Montag bis Donnerstag 9.00 bis 23.00 Uhr
Freitag 9.00 bis 16.00 Uhr

Samstag, Sonntag und an Feiertagen ist Ruhetag
Schanigarten
Preisgünstig
Für leichter Behinderte möglich

Ein kleines echtes altwienerisches Beisel im Souterrain, das von allen Schichten der Bevölkerung besucht wird und die hier auch ohne Scheu beisammensitzen - eben typisch für ein Beisel. Die Familie REINTHALER übernahm dieses Lokal 1972 und siedelte vom alten REINTHALER in der Dorotheergasse hierher. Der Sohn hat hier sein Handwerk gelernt und kehrte 1997 in das alte elterliche Beisel in die Dorotheergasse zurück.

Das Haus wurde 1884 erbaut, die Straße ist seit 1893 nach dem Opernkomponisten Johann Christoph v. GLUCK benannt.

Speisesaal mit altem Braukesselrest, 1998 (Kletter)

Extra-Ausgabe

I. Friedrichstraße 4 | Wien, im April 1914. | I. Elisabethstraße 3

Eröffnung des grössten und billigsten Volksrestaurants Wiens!

Man lese und staune und überzeuge sich!

Es gibt keine Teuerung mehr!

Suppe, Rindfleisch mit Gemüse, Mehlspeise . . . K 1·10
1 Beinfleisch . . . . „ —·60
Jeder Braten mit Beilage . . . . . K —·80 und 1·—
Alle kleineren Speisen . . . . „ —·50 „ —·60

Alle Getränke naturgekühlt aus eigener amerikanischer Kühlanlage neuesten Systems. Exquisite Eigenbauweine, streng naturbelassen.

Rendez-vous aller Wiener Weinbeißer.

Nur erstklassige, gut abgelagerte Biere.

1/2 l Lager **20** h, 1/2 l Pilsner **28** h, 1/2 l Paulaner **34** h.

Nur im Kärntnertorkeller !!

I. Friedrichstraße 4 und I. Elisabethstraße 3

im Hause des Opern-Kino.

Zu jeder Tageszeit und nach dem Theater frische Küche.

Klub- und Bürgerzimmer zu vergeben.

Eröffnungsankündigung des Kärntnertorkellers 1914.
Heute Gösser Bräu. (Gösser Bräu).

FÜHRICH (27)

Führichgasse 6 / 513 08 80
Täglich 8.00 bis 24.00 Uhr
Bar
Schanigarten

Mittlere Preise
Für Behinderte schwierig

Dieses Haus wurde 1877 erbaut. Seit 1986 gibt es hier ein wienerisches gutbürgerliches Restaurant - vorher war hier ein Blumengeschäft. Der Namenspatron der Straße, Josef Ritter von FÜHRICH (1800 bis 1876) war Maler und Professor der Akademie für bildende Kunst.

PRIEMER (28)

Neuer Markt 2 / 512 92 02
Täglich 10.00 bis 1.00 Uhr
Schanigarten
Mittleres Preisniveau
Für mittelschwer Behinderte geeignet

Wiens ältester Marktplatz, der Hohe Markt wurde zu Beginn des 13. Jahrhunderts zu klein. Daher wurde der Neue Markt gegründet und erhielt im Jahr 1269 seine heutige Gestalt. Hier auf der „Mehlgrube" wurden Getreide und Mehl verkauft. Zur Bestrafung der Händler, die falsche Gewichte verwendeten, stand an Stelle des heutigen berühmten DONNERBRUNNENS der Pranger. Bäcker, die zu kleine Semmeln verkauften, wurden bei der brutalen Strafe des sogenannten BÄCKERSCHUPFENS, gefesselt, immer wieder unter Wasser getaucht. Gar nicht so wenige überlebten diese Prozedur nicht und sind dabei ertrunken.

1896 wurde auf diesem Platz neben dem heutigen Restaurant PRIEMER, das damals BIERHAUS ZUM CHINESEN hieß, das berühmte Hotel MEISSL und SCHADEN errichtet. 1917 wurde hier von Friedrich

ADLER aus politischen Gründen der Ministerpräsident Graf STÜRKH erschossen.

Im Jahre 1960 wurde an der Stelle des Bierhauses das HALALI von der Familie THIE gegründet. Der Name und auch die Inneneinrichtung signalisierten Jagd, Jagdgesellschaften und die dazu passenden deftigen Speisen.

1976 wechselte das Lokal wieder den Besitzer. Herr NEUSTEIN vergrößerte es zu einem guten preiswerten Restaurant. Seit 1994 gibt es das HALALI nicht mehr. Die Jagdutensilien und -trophäen wurden entfernt.

GÖTTWEIGER STIFTSKELLER (29)

Spiegelgasse 9 / 512 78 17
Montag bis Donnerstag 8.00 bis 22.00 Uhr
Freitag 8.00 bis 21.00 Uhr
Samstag und Sonntag ist Ruhetag - nur im Dezember ist auch am
Samstag von 9.00 bis 14.00 Uhr geöffnet
Preisgünstig
Für mittelschwer Behinderte möglich

Eine mitten im Trubel der modernen Fußgängerzonenhöllen gelegene Insel der Ruhe, die sich gleichermaßen gründet auf Frömmigkeit und Lebenslust. Dabei ist es gar kein Keller, wie der Name verspricht. Nur der Wein lagert dort.

1070 wurde mitten im besten Weinland Niederösterreichs das Stift CHOTWEIG gegründet. Schon 1298 wurde in der Rauhensteingasse 6 der erste GOTTWEIHER HOF gegründet. Seit Beginn des 17. Jahrhunderts befindet sich der Stiftskeller nun an seinem heutigen Ort. Seit 1830 sieht er nahezu unverändert aus.

Allerdings war sehr lange die Seite der Göttweiger Gasse für Stallungen vorgesehen, da Wein, Essen und viele andere Dinge, die zum Betrieb eines Weinhauses wichtig waren, mit Pferdefuhrwerken direkt vom Stift hierhergebracht wurden. Daher war früher nicht sehr viel Platz für die vielen einfachen und auch illustren Gäste. Und so mancher - auch honorige oder berühmte Gast mußte sich mit einem „Stehachterl" zufriedengeben - aus Platzmangel. Professor BILLROTH war hier öfter Stammgast. Wir nehmen heute an, daß er sich meist nicht nur mit einem Stehachterl begnügen mußte.

Randalierende Gäste wurden - wenn keine anderen Beruhigungsmaßnahmen nützten - mit einem immer griffbereit an der Wand im „Schäkelkeller" hängenden Ochsenziemer „zur kurzen Raison" gebracht.

KANZLERAMT Beisl-Restaurant (30)

Schauflergasse 6 / 533 13 09, FAX: 535 39 45
„Amtsstunden" Montag bis Samstag von 10.00 bis 24.00 Uhr
Sonntag und an Feiertagen Ruhetag
Schanigarten
Mittlere Preiskategorie
Für leichter Behinderte möglich

1996 wurde hier unweit des Bundeskanzleramtes wieder einmal der Versuch gestartet ein Wiener Beisel neu zu eröffnen - der Boden ist zwar historisch - aber nicht für Beiseln. Die wichtigsten Ingredienzien für ein Beisel sind schon vorhanden - allerdings ist alles noch ein bisserl neu - aber der Zahn der Zeit kann dieses Lokal schon noch zu einem echten alten Beisel werden lassen. Doch Geheimnisse birgt es bereits. Wenn sich

Sacher

APARTEMENTS
AM STEPHANSPLATZ

A-1010 Wien 1
Rotenturmstraße 1/7. Stock
Telefon + FAX +43(1) 533 32 38
e-mail: sacher.apartements@netway.at

Direkt im Zentrum Wiens gelegen, bietet die von der traditionsreichen Familie Sacher persönlich geführte APARTMENT-PENSION SACHER von nahezu allen Apartments einen einzigartigen Ausblick auf den Wiener Stephansdom.

Die gemütlichen, pittoresk ausgestatteten 35-62 m^2 großen Apartements (mit oder ohne Salon) verfügen über Vorzimmer mit voll eingerichteter Kochnische, Bad, Sat-, TV, Telefon, sowie – auf Wunsch – Anrufbeantworter und Faxgerät. Reinigung täglich außer Sonn- und Feiertag.

Kanzler KLIMA und Vizekanzler SCHÜSSEL wieder einmal nicht verstehen, dann genügt ein Ausflug hierher ins „NEUE KANZLERAMT“ um bei Knödel mit Ei und Erdäpfelgulasch unter der Patronanz des Chefs, Herrn Peter PUSKAS, politische Probleme wieder ins Lot zu bringen. Doch auch ein Leichenschmaus wurde hier am 1. Juli 1998 abgehalten, als sich die Verbindung der A DREI, AMBROS, DANZER und FENDRICH hier vom Wirt zu Grabe tragen ließ.

ZWISCHEN GRABEN, ROTENTURMSTRASSE, KAI UND SCHOTTENRING

Zur TABAKSPFEIFE (31)

Goldschmiedgasse 4
533 72 86
Montag bis Freitag 11.00 bis 23.00 Uhr
Samstag 11.00 bis 15.00 Uhr
Am Sonntag und an Feiertagen ist Ruhetag
Schanigarten
Mittleres Preisniveau
Auch für schwerer Behinderte geeignet

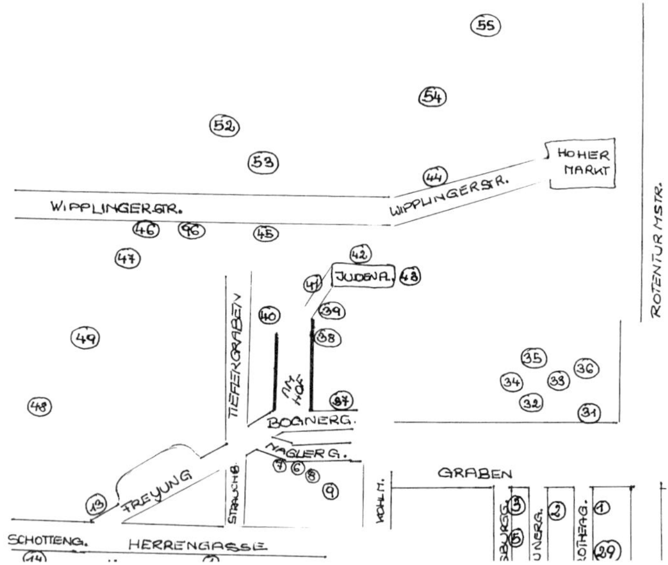

Alte Tabakspfeife, 1893, als man noch vom Graben zum Restaurant gelangen konnte. (Dr. Nozwari)

Gegründet wurde das Lokal an dieser Adresse vor dem ersten Weltkrieg. Ein klassisches Wiener Restaurant in mehrerer Hinsicht. 1616 gab es die erste „Tabakspfeife" in der Goldschmiedgasse 7. Vor dem ersten Weltkrieg wurde das Lokal an die heutige Adresse verlagert. Es wird berichtet, daß aus einem am Stephansdom gegen Blitzschlag angebrachten Hirschgeweih eine Tabakspfeife mit einem Hauptrohr und 24 kleinen Nebenrohren angefertigt wurde. Diese wurde dem Restaurant vom Anfertiger, Herrn Ignaz HEIß geschenkt. Daraus sollen die ältesten Mitglieder der Ledererzunft bei den regelmäßigen Zusammenkünften hier in ihrem Stammlokal geraucht haben. Typisch wienerisch ist das Beisel auch wegen der rustikalen, einfachen Einrichtung und einer nicht zu großen Speisekarte, die in ihren Grundzügen auf einer Speisekarte aus dem Jahr 1893 beruht. Wienerisch ist auch, daß der Besitzer, Herr Dr. NOWZARI, ein Politwissenschafter aus Teheran ist und sich besonders bemüht, die alte wienerische Note zu erhalten - daher steht in der Küche auch eine wienerische Köchin mit böhmischen Vorfahren. Der Wirt ist Moslem, seine Gäste so nahe der Stephanskirche natürlich Katholiken. Der jahrzehntelange Leiter des jüdischen „welcome service", Herr ZELMAN ist hier Stammgast, bringt immer wieder Freunde und hält auch gelegentlich im hinteren Stüberl Pressekonferenzen ab. Hier in Wien prallen die unterschiedlichen Religionsgemeinschaften nicht aufeinander - sie treffen sich „nur" in den Beiseln wie hier in der Tabakspfeife.

Daneben auf Nummer 6 gab es den Gasthof ZUM REBHUHN, in dem Joseph LANNER seine neuesten Kompositionen zum besten gab.

Seit 1316 war in dieser Gasse der Sitz der Goldschmiede, den Namen erhielt sie erst im 15. Jahrhundert. Im sogenannten HAASHAUS an der Ecke zum Stephansplatz gibt es heute das teure internationale Restaurant DO u. CO. Ursprünglich stand hier das ZIEGLERHAUS, das 1700 den Hausnamen ZUR BLAUEN FLASCHE erhielt. Im 1. Stock befand sich eine große Speiseanstalt, wo bis zu 3500 Menschen versorgt - besser „abgespeist" - werden konnten. Im rückwärtigen Trakt war KOLSCHITZKYS KAFFEESCHANK - das erste Kaffeehaus Wiens.

1865/67 wurde nach den Plänen der Erbauer der Staatsoper SICCARDSBURG und VAN DER NÜLLS das

HAAS'SCHE WARENHAUS im französischen Barockstil errichtet. Im Zweiten Weltkrieg zerstört, wurde es wieder neu aufgebaut, neuerlich abgerissen und von HOLLEIN im heutigen Stil errichtet.

WEISSHAPPEL STÜBERL (32)

Goldschmiedgasse 9 / 533 90 96
Montag bis Freitag 9.00 bis 14.45 Uhr und von 18.00 bis 21.00 Uhr
Samstag 10.00 bis 14.45 Uhr
Unteres bis mittleres Preisniveau
Nur für leicht Behinderte möglich

Der Aufstieg in den ersten Stock ist nicht nur für Behinderte eine Barriere. Ausländische Gäste erklimmen nur ausnahmsweise den ersten Stock. Allerdings - wenn man oben angelangt ist, dann hat man die Atmosphäre eines gemütlichen gepflegten Heimes erreicht. Wenn man einen Platz am Fenster ergattert, dann hat der Gast einen Blick auf das Treiben am Petersplatz und die Glocken der Kirche vermitteln ebenfalls ein Gefühl von Heimat und Ferien. Doch nicht nur das Ambiente erinnert an alte Sommerfrischen - auch daß der Fleischhauer unter dem Lokal der Besitzer ist, muß jeden Eingeweihten freuen. Es war doch am Land immer ein Geheimtip dorthin essen zu gehen, wo ein Fleischhauer der Besitzer ist. Denn das gebotene Fleisch soll dann immer besonders frisch und preisgünstig sein. Wo gibt es in Wien noch einen Fleischhauer, der ein bürgerliches Restaurant daneben betreibt ? Den WEISSHAPPEL gibt's hier schon seit 1852. Der kaiserliche Hoflieferant wurde auch vom Dichter skurriler Episoden, Herzmanovsky-Orlando in der folgenden Passage aus dem „Fliegenden Holländer“ erwähnt:

„Kaiser Franz Josef saß in seinem Arbeitszimmer. Gedämpfte Militärmusik war vernehmbar. Gedankenschwer betrachtete der gütige Monarch sein gewohntes Gabelfrühstück - das historische Paar Würstel. Der Leibkammerdiener stand habtacht. „Sie, Loschek. Schaun'S das linke Würstel da an, das sattlige da...gute 2 Millimeter...zu kurz“ „Muß mich schon wundern Majestät, wo doch der junge WEISSHAPPEL die allerhöchsten Frühstückswürstel eigenhändig spritzt. Natürlich in Uniform !“.

Zwischen 1918 und 1938 war an der Stelle der heutigen Gasträume eine große Küche, in der die Großtante des heutigen Besitzers etwas betrieb, das wir heute „Partyservice“ nennen würden. Nach 1938 wurde eine Imbißstube aus dieser Küche und 1955 wurde das heute bestehende, gut bürgerliche, gepflegte, preisgünstige Restaurant eröffnet.

GUTRUF (33)

Milchgasse 1 / 533 95 62
Montag bis Samstag 8.30 bis 24.00 Uhr
Samstag, Sonntag und an Feiertagen ist Ruhetag
Mittlere Preiskategorie
Für mittelschwer Behinderte möglich

Seit 1905 wird hier ein Eßlokal unter diesem Namen geführt.

Es hat noch Zeiten gegeben - unter dem alten Besitzer Rudi WEIN - da wurden nur die Stammgäste und vielleicht gnadenhalber auch noch ihre Freunde bewirtet - Fremde wurden entweder hinauskomplimentiert - mit eher brutalem „Wiener Schmäh“ oder

überhaupt gar nicht hereingelassen. Auch Damen wurden nicht gerne gesehen - nur jene, die auch die gröbsten Witze ungerührt über sich ergehen ließen, waren als Gäste geduldet. Nun, Frauenfeindlichkeit ist das Markenzeichen so mancher Männerbünde und das GUTRUF war eigentlich kein Beisel sondern ein Männerbund. Aber was für Männer ! Alle die in den 60er und 70er Jahren im Bereich Kultur und Politik etwas zu sagen hatten. QUALTINGER, MULIAR, ZILK, PODGORSKY, UDO PROKSCH, FROHNER, GRATZ und viele andere. Kein Wunder, daß sich hier auch Spione des Ostens angesiedelt haben - bei so viel konzentriertem Österreichertum. Aber das kann man vielleicht einmal in einem eigenen Buch über DAS GUTRUF nachlesen.

GÖSSER BIERKLINIK (34)

Steindlgasse 4 / 535 68 97
Montag bis Samstag 10.00 bis 23.30 Uhr
Sonntag und an Feiertagen ist Ruhetag
Mittleres Preisniveau
Für leichter Behinderte möglich

Schon zu Zeiten der Römer stand hier ein Gebäude. Die Urkunden erwähnen dieses Haus erstmals 1406 - es gehörte Herrn Niklas de VALICH. Die nächste Eintragung findet sich 1566. Seither gibt es auch den Hausnamen „Zum güldenen Drachen“. Herrn STEINDL wurde das Gebäude für seinen tapferen Kampf gegen die Türken geschenkt und er eröffnete noch im Jahre 1683 ein Einkehrgasthaus. Seither gibt es hier ohne Unterbrechung einen Restaurationsbetrieb. Im Hauptberuf Spitalsdirektor, benannte er sein neues Lokal - vielleicht in Bierlaune - BIERKLINIK. Seit 1924 gehört dieses Haus der GÖSSER BRAUEREI und Päch-

Gösser Bierklinik, 1942 (Familie Kos)

ter ist die Familie KOS seit 1988. Die alten Gewölbe und vielen versteckten Stüberln zeigen, daß hier eines der ältesten Gasthäuser Wiens ist. Die wienerische Küche vermittelt zusätzlich das Gefühl von Geborgenheit seit mehr als 300 Jahren.

OFENLOCH (35)

Kurrentgasse 8 / 533 88 44
Täglich 10.00 bis 24.00 Uhr
Schanigarten
Mittlere bis gehobene Preise
Für mittelschwer Behinderte möglich

An dieser Stelle befand sich vom 1. bis zum 4. Jahrhundert der Legatenpalast der X. römischen Legion und im Mittelalter die „Badstube zu den Röhren", welche durch ihre Zuleitung mit dem Judenviertel verbunden war. 1339 vom Deutschen Ritterorden erworben, verkaufte es dieser 1398 an einen jüdischen Kaufmann.

1697 entstand hier eine jüdische Garküche, in der koscher gekocht wurde. 1704 wurde das BIERHAUS ZUM OFENLOCH gegründet. Der Besitzer des Hauses, Herr SALCHENEGGER hat ein Gefühl für altes Ambiente und pflegt dementsprechend dieses sehr gutbürgerliche alte Restaurant.

In dieser Gasse hatten zur Zeit des Kaisers LEOPOLD die CURRENTEN ihren Sitz, welche die Weinzehentabgabe zu überwachen hatten.

KLEEBLATTSTÜBERL (36)

Kleeblattgasse 4 / 533 34 27
Montag bis Donnerstag 8.30 bis 19.00 Uhr
Freitag 8.30 bis 17.00 Uhr

Das alte Hauszeichen „Zum schwarzen Kameel“

Samstag, Sonntag und an Feiertagen ist Ruhetag
Preisgünstig
Für schwerer Behinderte geeignet

Zwei Schwestern bemühen sich um wienerische Hausmannskost.

Der Name der Straße kommt vom Hausnamen „Steinernes Kleeblatt". Von jener Stelle, an der heute das Stüberl steht, nahm 1451 der Studentenaufstand seinen Anfang. Das heutige Haus wurde 1913 erbaut.

Zum SCHWARZEN KAMEEL (37)

Bognergasse 5
Montag bis Freitag 8.30 bis 20.30 Uhr
Samstag 8.30 bis 16.00 Uhr
Brötchenbar
Schanigarten
Mittlere bis gehobene Preise
Für mittelschwer Behinderte möglich

Herr KAMEEL kaufte 1618 dieses Haus und eröffnete eine Gewürzkrämerei unter dem bis heute gültigen Namen. Seit Anfang des 19. Jahrhunderts gibt es hier eine Weinstube und eine Feinkosthandlung. 1825 wurde „das Kameel" zum Hoflieferanten ernannt. Der berühmte Wiener Maler WALDMÜLLER zeichnete und schuf als Gast das bis heute unverfälschte „Wappentier" dieses feinen Wiener Lokales. 1901 übersiedelte es in das nun neu gebaute Haus in ein Interieur aus echtem, schönsten Jugendstil, das bis heute nahezu unverändert geblieben ist. Seit zwei Generationen hält nun die Familie FRIESE beste wienerische Restauranttradition aufrecht. Das noble Ambiente zieht auch solche Gäste an - allerdings billig kann's die Familie FRIESE in „Zeiten wie diesen" auch nicht geben.

Dort wo die Bognergasse in den Hof einmündet, wurde 1595 Graf HARDEGG öffentlich geköpft, weil er die Festung RAAB „ohne die höchste noth" den Türken übergeben hatte. Ebenso der Festungsbaumeister Nikolaus BERLIN, „eine bürgerliche Canaille".

1601 wurde aus dem gleichen Grund Graf PARADEYSER, Kommandant der Festung KASCHAU hingerichtet. 1643 wurden Stadträte und hochgestellte Wiener Bürger hier geköpft, weil sie ebenfalls Verrat am Kaiser begangen hatten. In Zeiten der höchsten Türkennot wollten die Kaiser demonstrieren, daß sie auch vor der Hinrichtung höchster Persönlichkeiten nicht zurückschreckten.

URBANIKELLER (38)

Am Hof 12 / 533 91 02
Täglich 18.00 bis 1.00 Uhr
Mittlere Preise
Für Behinderte nicht geeignet

Ursprünglich standen an dieser Stelle zwei kleine Häuser, die den äußersten Flügel des jüdischen Ghettos bildeten. Der letzte jüdische Besitzer war ESCHLEIN aus DRESKIRCHEN, von dem man nicht weiß ob er 1421 verbrannt wurde oder sich im Schulhof selbst verbrannte. Eines der beiden Häuser, ein Einkehrgasthaus hieß ZUM ELEND. Zu Beginn des 18. Jahrhunderts errichtete der Baumeister LUKAS v. HILDEBRANDT hier das noch immer bestehende Barockhaus, das für diese Zeit die ungewöhnliche Höhe von fünf Stockwerken hat. Wegen der tiefen Keller hieß es auch

Urbanikeller, 1998 (Kletter)

TIEFES HAUS. Seither gibt es auch den Urbanikeller 30 Meter unter der Erde. Dieser Keller war auch Zufluchtsort für Wiener von den Zeiten Napoleons bis zu den Bombennächten des Zweiten Weltkriegs.

Der Platz selbst ist bemerkenswert, weil hier seit 1142 die Herzogsburg der Babenberger stand mit vier festen Türmen, Zugbrücken und einem Wallgraben. 1158 verlegte Herzog JASOMIRGOTT seinen Hof vom Kahlenberg hierher - womit Wien endgültig Residenzstadt wurde. Hier machten alle hochgestellten Ritter, die ins Heilige Land zogen, Rast vor der Weiterreise in ab nun unbekannte Länder. Auf dem großen Burgplatz fanden Turniere statt. Kaiser BARBAROSSA besuchte Wien im Jahre 1165. Hier musizierten die Minnesänger WALTHER VON DER VOGELWEIDE, von HAGENAU, von REUENTHAL und Ulrich v. LICHTENSTEIN. Ab 1212, als LEOPOLD der GLORREICHE seine Residenz in die neuerbaute Burg verlegte, wurde „der Hof" Markt, auf dem auch Fisch- und Krebshändler ihre Waren verkaufen durften - die KREBSLER oder KREWS-LER. Aus diesem Namen entstand später der GREIS-SLER. Bis heute wird „der Hof" zumindest teilweise als Marktplatz verwendet.

BAUER GUSTL - ZÖBINGER WEINSTUBE (39)

Am Hof/ Drahtgasse 2 / 533 58 89
Montag bis Samstag 10.00 bis 24.00 Uhr
Sonntag ist Ruhetag

Gustl Bauer, 1955 (Necesany)

Schanigarten
Günstiges bis mittleres Preisniveau
Auch für schwerer Behinderte möglich

1997 hat Herr Gustl BAUER nach 60 Jahren Familientradition die Geschicke seines Lokals in die Hand von Frau NECESANY gelegt, die seit 1969 zur Familie im PANTHERBRÄU schräg gegenüber gehört. Ein ähnliches Geschehen gab es schon 1937, als Herrn BAUERs Mutter die Leitung des damaligen PUNTIGAMER PANTHERBRÄUS am Judenplatz zurücklegte - das Lokal war ihr viel zu groß in den immer schlechter werdenden Zeiten - und in die kleinere ZÖBINGER WEINSTUBE übersiedelte. Die Gastronomiezeiten sind zwar im Jahre 1998 auch nicht besonders gut, jedoch für diesen Wechsel ist eher die Nostalgie verantwortlich. Es besteht nun die Möglichkeit, den GUSTL BAUER in der alten Tradition weiterzuführen, was durch die neue Besitzerin gesichert scheint. Der BAUER GUSTL ist ja ein wichtiges Stück Wien. Er ist noch immer und war vor allem das Stammbeisel von vielen wichtigen Wienern, allen voran vom volksnahen Bürgermeister ZILK. Hier sollen viele Entscheidungen für die Kommune gefallen sein, an denen das Volk in klassischer direkter Demokratie in Form von Stammtischrunden mitgearbeitet hat.

BREZELG'WÖLB (40)

Ledererhof 9 / 533 88 11
Täglich 11.30 bis 1.00 Uhr
Schanigarten
Mittlere Preise
Für Behinderte kaum geeignet

Man merkt auch im Beisel, daß es ein altes Haus ist - aus dem Frühbarock. Vorher war hier eine Bäckerei. Daher der Name. In den historisch interessanten Kellerräumen finden sich Reste der alten Römermauer, am Boden sind Ziegel aus der Gründerzeit und an vielen Stellen sieht man noch Türen und Mauerwerk, durch die man in benachbarte Häuser kommen könnte. Die Besitzerin, Frau ECCLI führt interessierte Gäste selbst durch die Räume, die sie schon seit 1987 betreut und durch ihr historisches und künstlerisches Gefühl so erhalten hat, daß man die 2000 Jahre alte Geschichte der Stadt hier förmlich riechen kann. In diesem Haus wohnte der Sekretär ESTERHAZYS, Herr Josef ROSENBAUM, ein Anhänger der „Schädellehre", welcher der Leiche Joseph HAYDNS, vier Tage nach der Beerdigung den Kopf abschnitt, diesen präparierte und versteckte. Erst nach fast 200 Jahren kam der Kopf zu den anderen Gebeinen ins Mausoleum von Eisenstadt.

Auch eine Hexe soll hier vor dem Haus im Mittelalter verbrannt worden sein.

Immer schon hat man gewußt, daß auf dem Judenplatz, der bis 1423 Schulhof hieß und auf dem sich die zwei folgenden Restaurants befinden, das Zentrum des alten Ghettos war. Mit der zweitgrößten Synagoge Europas, dem Judenspital, der Badstube, dem Haus des Rabbiners und der Schule. 1421 wurden die armen Juden aus dem Ghetto vertrieben, die reichen wurden um ihren Besitz gebracht und auf der Weißgerber Lände in Erdberg lebendig verbrannt. Die Überlebenden verbrannten sich selbst in der Synagoge, die dann abgerissen wurde und von der ein großer Teil des Baumaterials für den Neubau der Universität verwendet wurde.

Brezelgwölb, 1998 (Kletter)

Seither hat der Platz seinen Namen, der ihm nicht einmal im „Tausendjährigen Reich“ genommen wurde. Nun wurde hier - mehr als 50 Jahre nach dem Holocaust - ein Denkmal geplant, das demnächst hier stehen wird. Und zum Erstaunen sogar der Wissenden fand man bei den Arbeiten für das Fundament, die Überreste der alten Synagoge. Ein groteskes Tauziehen begann um Denkmalbau oder nicht. Um Erhalten der historischen Synagogenreste oder nicht. Ausgrabungen der Archäologen wurden forciert - man fand Überreste auch der römischen und der mittelalterlichen Siedlung. Nach unnötigem Streit und Zerstreiten vor allem innerhalb der jüdischen Gemeinde unter dem Hohn so mancher Antisemiten, wird das Mahnmal doch auf diesem historischen Platz gebaut - um einen Meter verschoben um nicht die alte BIMAH zu überdecken. Die Synagoge bleibt als Gedenkstätte ebenfalls erhalten. Viele weitere Scherben sind zurückgeblieben um das

Gedenken an GESIRAH und SHOAH auf einem Platz zu vereinen.

Zum SCHERER (41)

Judenplatz 7 / 533 51 64
Montag bis Samstag 11.00 bis 1.00 Uhr
Sonntag 18.00 bis 24.00 Uhr
Schanigarten
Mittlere Preise
Für Behinderte durch die Enge schwierig

Ein sogenanntes „neues Beisel" - es ist erst 15 Jahre alt, hat aber doch schon das Ambiente eines alten Wiener Traditionsgasthauses. 1684 standen hier zwei Häuser, die 1813 zu einem umgebaut wurden.

PUNTIGAMER PANTHERBRÄU (42)

Judenplatz 10 / 533 44 26
Montag bis Freitag 9.00 bis 23.00 Uhr
Schanigarten
Mittleres Preisniveau
Für schwerer Behinderte geeignet

Im alten „Innungshaus der bürgerlichen Schneider" wurde nach dem ersten Weltkrieg von Herrn BRANDL ein Bierhaus gegründet, um das PUNTIGAMER BIER besser verkaufen zu können. Vorher war hier schon das Gasthaus JELINEK. Die Einrichtung ist seither nahezu unverändert und Familie NECESANY hat sich bemüht, nur die unbedingt notwendigsten Gegebenheiten zu verändern. 1997 hat Frau NECESANY schräg gegenüber den BAUER GUSTL übernommen.

Concertcafé WORTNER

Wiedner Hauptstraße 55
1040 Wien

BIERADIES (43)

Judenplatz 1 / 535 66 11
Montag bis Donnerstag 11.00 bis 1.00 Uhr
Freitag und Samstag 11.00 bis 2.00 Uhr
Sonntag ist Ruhetag
Preisgünstig
Für mittelschwer Behinderte möglich

Seit Dezember 1997 gibt es hier dieses Lokal mit Kärntnerisch-Wienerischen Speisen. Für ein altes Beisel natürlich noch zu neu - doch es kann sich noch dazu entwickeln.

ALTER RATHAUSKELLER (44)

Wipplingerstraße 8 / 535 33 36
Montag bis Samstag 11.30 bis 14.30 und 17.30 bis 22.30
Garten im barocken Innenhof
Mittleres Preisniveau
Auch für mittelschwer Behinderte möglich

Wo das älteste Rathaus Wiens stand, wissen wir heute nicht mehr genau. Dieses „alte Rathaus“ ist es sicher nicht. Das Gebäude in der heutigen Form besteht seit 1846. Seit 1910 gibt es gesichert hier an dieser Stelle ein Gasthaus. Der heutige Besitzer hat das Lokal 1985 völlig umgebaut, das Ambiente wurde heller und freundlicher - und doch sind viele klassische Elemente, wenn immer möglich, übriggeblieben. Nach den Kammerabrechnungen muß in der Mitte des 15. Jahrhunderts in den Räumen unter dem Haupttrakt ein Gästespeisehaus gewesen sein - das MUSHAUS. Im heutigen Festsaal wurde Gericht gehalten und es wurden hier angeblich auch Enthauptungen vorgenommen.

Bieradies, 1998

ZUM SUPPENTOPF (45)

Wipplingerstraße 21 / 533 24 35
Montag bis Freitag 8.00 bis 19.30 Uhr
Samstag, Sonntag und an Feiertagen ist Ruhetag
Kleiner Schanigarten
Mittleres Preisniveau
Auch für schwerer Behinderte möglich

Seit 1936 ist dieses Wiener Beisel im Familienbesitz. Die Enkelin des Gründers, Frau GIANINA GLUDOVACZ-OLIVIER serviert, ihr Mann steht in der Küche. Von 1936 bis 1972 war hier der italienische Eissalon OLIVIER. Die Bilder zeigen aber auch die tragische Geschichte jener Zeit. Der Nachbar rechts mußte 1938 emigrieren, die nationalsozialistische Kommission, die Enteignungen und schließlich die Verkäufe der Wohnungen und Geschäfte organisierte, bot Großvater

Olivier das Geschäft auf der rechten Seite an - ein Angebot, das „er nicht ablehnen konnte“. Auch der Besitzer der Pinselfabrik links mußte emigrieren, ebenso der weiter daneben ansässige Besitzer der GLÜCKSSTELLE STEIN. Dieser kehrte nach 1945 zurück und gründete die noch immer bekannte GLÜCKSSTELLE MIHALOVITS.

1945 wurde der Eissalon nach dem Einmarsch der Russen bald wieder eröffnet. Ein im Nebenhaus wohnender Stammgast war der „Dreitagebürgermeister“, der bekannt wurde, weil er nach Ende des Krieges ins Rathaus ging und sich dort der russischen Besatzungsmacht als Bürgermeister präsentierte. 3 Tage lang glaubte man ihm und er vergab in dieser Zeit Arbeit und Wohnungen an Bekannte.

1972 wurde aus dem Eissalon eine Imbisstube, seit 1984 heißt das Lokal nach Übernahme der letzten

An der Stelle des heutigen Restaurants war bis 1936 die Glücksstelle STEIN. Der Besitzer verkaufte und emigrierte, da er große Zeiten nahen spürte. (Suppentopf)

Bis 1972 wurde statt das Glück zu versuchen, Eis geschleckt, 1936.(Suppentopf).

Ab nun waren „Espressi" der letzte Schrei. Das Lokal ist größer, da das Geschäft auf der rechten Seite 1938 enteignet und den Inhabern des Eissalons verkauft wurde. (Suppentopf).

Seit 1984 gibt's hier ein gediegenes Wiener Restaurant. (Kletter).

Besitzerin SUPPENTOPF und bietet echte Wiener Hausmannskost im Beisel an, das auch schon einiges erlebt hat.

Zur HOHEN BRÜCKE (96)

Wipplingerstraße 23 / 533 21 96
Montag bis Freitag 6.30 bis 21.00 Uhr
Samstag, Sonntag und an Feiertagen ist Ruhetag
Preisgünstige bis mittlere Preise
Für mittelschwer Behinderte möglich

Seit mehr als hundert Jahren gibt es an dieser Stelle bereits ein Gasthaus. Sehr bekannt war über Jahrzehnte das WEINHAUS STADLER, das bis 1961 hier bestanden hat. 1962 wurde das Weinhaus zu einer Imbisstube umgebaut und 1964 übernahmen das Lokal die Eltern des jetzigen Besitzers. 1981 wurde altes völlig neu gestaltet und das heute bestehende kleine Restaurant eröffnet.

Nur wenige Meter von hier - an der Hohen Brücke - stand zur Zeit der Römer ein Lagertor - die Wipplingerstraße war ja in ihrem heutigen Verlauf die VIA PRINCIPALIS von VINDOBONA. Auch vom Mittelalter bis zur Schleifung der Stadtmauern war hier immer ein wichtiges Tor zur Stadt.

Die nahe Börse, die Banken der Umgebung und das eher noble Wohnviertel haben 1995 zwei mutige Gastronomen bewogen, neue echte Wiener Beiseln zu gründen.

Der mehrfache Haubenkoch Herr Fadinger hat dem kleinen Wiener Restaurant seinen Namen gegeben, das vorher STÜBERL 29 geheißen hat.

FADINGER (46)

Wipplingerstraße 29 / 533 43 41
Montag bis Freitag 9.00 bis 23.00 Uhr
Samstag, Sonntag und an Feiertagen ist Ruhetag
Schanigarten
Mittlere bis gehobene Preiskategorie
Für schwerer Behinderte möglich

Neben typischen Wiener Speisen gibt es auch Hummer und ähnliche exklusive Speisen zu relativ moderaten Preisen. Das Lokal atmet bereits nach drei Jahren gehobene Wiener Beisel-Restaurant Atmosphäre. Die Tische sind weiß gedeckt und es wird wert gelegt auf Gediegenheit - in Präsentation, Ambiente und Speisen.

FLAMMOH (47)

Hohenstaufengasse 2 / 533 70 92
Montag bis Donnerstag 7.30 bis 22.00 Uhr
Freitag 7.30 bis 15.00 Uhr
Samstag, Sonntag und an Feiertagen ist Ruhetag
Schanigarten
Mittlere Preiskategorie
Für schwerer Behinderte günstig

Dieses Haus hieß früher „Salzburgerhof“ und wurde 1877 in seiner heutigen Gestalt erbaut. Bis 1995 war in den Räumen dieses kleinen Restaurants das Lager einer Apotheke. Mit viel Aufwand wurde hier ein gemütliches Lokal geschaffen, das durch das helle Holz nicht nur zum Essen einlädt - man könnte hier theoretisch auch wohnen und so nebenbei die echte Altwiener Küche genießen. Die Besitzerin war ja mehr als 25 Jahre Köchin in den besten Restaurants im In- und Ausland. Doch trotzdem ist das Leben für die neuen Wiener Beisln nicht leicht. Flammoh heißt im Wiener Dialekt übrigens „Hunger“.

NUDEL UND STRUDEL (48)

Schottenbastei 4 / 533 61 28
Montag bis Freitag 9.00 bis 24.00 Uhr
Samstag und Sonntag ist Ruhetag
Schanigarten
Mittleres Preisniveau
Nur für leichter Behinderte möglich

1869 wurde dieses Haus erbaut und gehörte seit 1917 wie viele Häuser hier dem Wiener Bankverein (CA). Seit 1914 gibt’s hier ein Beisel, das durch die

Flammoh, 1998.
(Kletter).

Sammelleidenschaft des Wirtes Herrn Trentini von „alten Sachen“ noch älter aussieht und riecht. Es liegt zwar ein bisserl abseits, aber die Stammkunden der nahen Banken und der Universität lassen dieses Lokal nicht untergehen.

HEBENSTREIT (49)

Rockhgasse 1
Montag bis Freitag 11.30 bis 24.00 Uhr
Samstag, Sonntag und an Feiertagen ist Ruhetag
Schanigarten
Mittleres bis leicht gehobenes Preisniveau
Für Behinderte nicht geeignet

Das Haus stammt aus dem 19. Jahrhundert und war bis 1938 in jüdischem Besitz. Nach den Wirren der

Nudel & Strudel, 1998 (Kletter)

Enteignungs- und Bombenjahre gehört es nun der Gemeinde Wien. Der Hauptmieter ist der REPUBLIKANISCHE CLUB NEUES ÖSTERREICH, dessen Symbol das Holzpferd ist, das bei Demonstrationen gegen Bundespräsident WALDHEIM immer mitgeführt wurde. (Waldheim war nicht Mitglied der SA aber sein Pferd ! - laut Bundeskanzler SINOWATZ). Entsprechend revolutionär ist auch der Name des Restaurants. Denn Herr HEBENSTREIT soll als Aufrührer und Freimaurer in der Folge der Revolution des Jahres 1848 gehenkt worden sein. Und so ist die Geschichte und das Ambiente das eines Wiener Beisels - die Speisen sind zum Teil nicht wienerisch, weil der Wirt nicht mit den so gut kochenden diversen Großmüttern mit Schnitzel und Schweinsbraten konkurrieren will. „Und so ein gutes Gansl wie bei meiner Mutter hab'ich überhaupt noch nie gegessen !" - Wirtsoriginalton !

JELINEK (50)

Franz Josefs Kai 65 / 319 61 36
Montag bis Freitag 7.00 bis 22.00 Uhr
Samstag, Sonntag und an Feiertagen ist Ruhetag
Schanigarten
Günstiges bis mittleres Preisniveau
Für leichter Behinderte möglich

Der Franz Josefs Kai in seiner heutigen Form war der erste Abschnitt des Ringstraßenbaus und wurde am 1. Mai 1858 eröffnet. 1860 wurden die weitläufigen

Hebenstreit, 1998 (Kletter)

Parkanlagen angelegt, die aber durch den Stadtbahnbau wieder zerstört werden mußten. Die dürftigen kleinen Baumreste wurden im Volksmund bald „Beserlpark“ genannt.

LADINIG - BEISEL ZUM 31er (51)

Zelinkagasse 14 / 533 74 81
Montag bis Donnerstag 8.00 bis 22.00 Uhr
Freitag 8.00 bis 18.00 Uhr
Schanigarten
Preisgünstig
Für mittelschwer Behinderte möglich

Früher hat dieses Beisel OSSIS 31er geheißen. Mit dem 31er, einer Straßenbahnlinie, die hier Endstation und ihre Endschleife hatte, hatte dieses Lokal immer schon zu tun. Seit 42 Jahren ist es im Eigentum derselben Familie. Die Mutter des derzeitigen Besitzers hat dieses Lokal damals übernommen. Heute arbeiten bereits die Enkelkinder in der Gaststube und hinter der Schank. Die mittlere Generation arbeitet in der Küche - also ein echter Familienbetrieb. Aber nur so kann heute ein Gasthaus überleben. Die Vorgängerin, die Pächterin Frau KREUZER betrieb hier ein Weinhaus. Der heutige Besitzer baute dieses komplett um. Im zweiten Raum - dort wo heute eine gemütliche, an ein besseres Gasthaus in Tirol erinnernde Stube ist, war früher eine lange Schank, an der so manche Weintrinker stundenlang standen - bis sie nicht mehr stehen konnten. Im Keller des Beisels war noch in den 50er Jahren der STORYVILLE JAZZCLUB etabliert. Der legendäre FATTY GEORGE hat dort mehrmals gespielt, den so viele in seinem Jazzkeller am Petersplatz gehört

haben. Ich würde ihn als eines der ersten Opfer der Schlankheitswelle sehen. Denn der übergewichtige, gemütliche und lebensfrohe Jazzmusiker erlitt nach einer Radikalabmagerungskur einen Schlaganfall, an dessen Folgen er letztlich gestorben ist. Vielleicht hat ihm sein abgemagerter Körper das angenehme Lebensgefühl der leibesstarken Beiselbesucher nicht mehr vermitteln können ? Abmagerungskuren in Wien - in dieser phäakischen Umgebung - führen im besten Fall noch zu Depressionen - im schlimmsten Fall zum Tod. Daher auf ins nächste Beisel !

STOPFER (52)

Rudolfsplatz 4 / 533 64 62
Montag bis Freitag 9.00 bis 23.00 Uhr
Samstag, Sonntag und an Feiertagen ist Ruhetag
Schanigarten
Mittleres Preisniveau
Auch für schwerer Behinderte möglich

Sei 1910 gibt es hier das Beisl. Der alte Weinstock vor der Türe wurde offenbar zur Zeit der Gründung dieses Lokals gepflanzt und hat bereits viel überlebt. 1951 hat Großvater STOPFER das Restaurant übernommen, seit 1957 ist dessen Sohn der Besitzer und dessen Sohn wiederum ist der tatsächliche Wirt. Vor drei Jahren wurde renoviert - nun ist alles in hellem Holz gehalten, die dunkle alte Beiselatmosphäre ist der neuen Zeit gewichen.

TONI (53)

Salzgries 6 / 535 44 13
Täglich 8.00 bis 24.00 Uhr
Schanigarten
Preisgünstig
Für schwerer Behinderte geeignet

Dieses Haus wurde 1881 erbaut. Jetzt ist hier nicht mehr viel los und dieses Lokal ist eines der wenigen hier in der Gegend. Schon 1276 und 1302 wurde die „arena salis“ als Handelsplatz der Salzhändler erwähnt. Seit 1322 wurde diese Gegend Salzgries genannt, weil hier die Donauschiffe anlanden und das Salz entladen konnten. Durch die Konzentration des Handels gab es hier auch viele Einkehrwirtshäuser und einfache Zechen wie ZUM WOLFEN IN DER AU, ZUM BLAUEN HECHT und ZUM WEISSEN LÖWEN.

Vor 1978 war hier eine Käserei, dann wurde das SALZGRIESER WEINBEISEL gegründet. Seit 1985 ist der „Toni“ der Chef, ein Wiener libanesischer Abstammung. Allerdings sind Ambiente und Speisen echt wienerisch.

ARCHE NOAH - KOSCHERES RESTAURANT (54)

Seitenstettengasse 2 / 533 13 74
Sonntag bis Freitag 11.30 bis 15.30 und 18.30 bis 23.00 Uhr
Samstag 11.30 bis 14.30 Uhr
Gehobene Preise
Für mittelgradig Behinderte möglich

Unter den verschiedenartigsten Küchen der österreichisch-ungarischen Monarchie war die jüdischgalizische eine besonders interessante und schmackhafte. Vor 1938 gab es vor allem im 2. Bezirk eine große Zahl koscherer Restaurants, etwa den NEUGRÖSCHEL und den TONELLO weiters den WÜRSTEL-BIEL und den PIROWATI. So wie damals trifft man in koscheren Restaurants kaum streng Orthodoxe - die Lokale sind ihnen nicht immer koscher genug. Vorher hieß das Restaurant CAESAREA. Geschäftsführer waren ein Wiener und ein Israeli, der vor allem orientalische Speisen anbot. Chefkoch war ein waschechter Steirer. Natürlich war diese jemenitisch-israelisch-steirisch-wienerische Mischung zum Scheitern verurteilt, obwohl hier die erste und wahrscheinlich derzeit einzige vollständige koschere, typisch wienerische Speisekarte begeisterten jüdischen Bürgern angeboten wurde. Böse Gerüchte behaupten, daß es auch koschere Blunzen gegeben hätte. Aber dies ist sicher nur ein Gerücht. Doch solche Famae können ein Lokal umbringen. Und dies ist auch geschehen. Daher gibt es jetzt hier die Arche Noah. Doch auch diese ist über die Speisegesetze gestürzt.

Im März 1998 mußte der Küchenbetrieb seinen Betrieb über Nacht einstellen. Bei einer Routineüberprüfung durch das Rabbinat stellte sich heraus, daß die Köche Fleisch aus einer Supermarktkette verwendeten - von koscher kann da natürlich keine Rede sein und die Israelitische Kultusgemeinde kündigte sofort den Vertrag mit dem Pächter. Ein neuer wird derzeit mit internationaler Ausschreibung gesucht.

KUCHLDRAGONER (55)

Seitenstettengasse 3 / 533 83 71
Sonntag bis Donnerstag 10.00 bis 1.00 Uhr

Freitag und Samstag 10.00 bis 2.00 Uhr
Schanigarten
Günstige bis mittlere Preiskategorie
Für leichter Behinderte geeignet

Das Haus wurde 1971 erbaut. 1973 wurde von Familie HOLZFEIND dieses Restaurant eröffnet, das jetzt der nächsten Generation übergeben wird.

ZWISCHEN ROTENTURMSTRASSE UND SINGERSTRASSE

KÖNIG VON UNGARN (56)

Schulerstraße 10 / 515 84

Montag bis Freitag 12.00 bis 14.30 Uhr und 18.00 bis 22.30 Uhr

Samstag, Sonntag und an Feiertagen ist Ruhetag

Gedeckter Innenhof

Gehobene Preiskategorie

Für mittelschwer Behinderte möglich

Dieses Haus stammt aus dem Frühbarock, aus

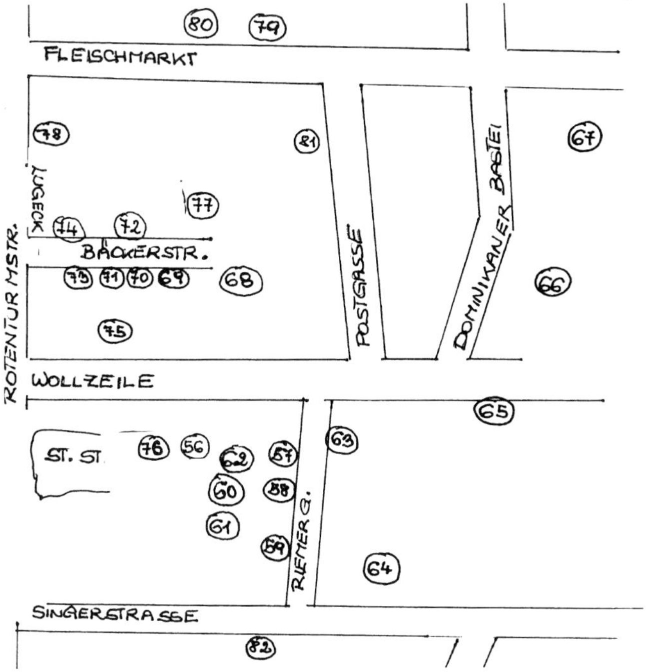

Der König von Ungarn, 1998.

der ersten Hälfte des 16. Jahrhunderts. Hier steht einer der ältesten und renommiertesten Beherbergungsbetriebe von Wien. Die Hotelierdynastie HESS hat dieses Gasthaus mehr als 150 Jahre besessen. Die jüngsten Familienmitglieder wurden immer in der alten Tradition erzogen und so war die Kontinuität gewahrt. Franz LISZT, Richard WAGNER und Mark TWAIN waren hier Gäste. Und auch die neuen Besitzer halten hier die Wiener Tradition im gepflegten Hotel und Restaurant hoch.

FREYNHOFER (57)

Riemergasse 6 / 512 29 81
Montag bis Donnerstag 6.00 bis 18.00 Uhr
Freitag 6.00 bis 15.00 Uhr

Samstag, Sonntag und an Feiertagen ist Ruhetag
Mittleres Preisniveau
Für leichter Behinderte möglich

Schon 1684 wird als Besitzer Mathias ZACHER, von Beruf Gastgeber erwähnt. Dieses Haus heißt auch MANAGETTASCHES Stiftungshaus, weil 1700 der kaiserliche Leibarzt MANAGETTA eine Stiftung zur Erziehung seiner Nachkommen gegründet hatte. Das heutige Gebäude wurde 1907 errichtet. Das echte alte Beisel wurde 1980 von Frau FREYNHOFER übernommen und damals adaptiert. Der einzige Gastraum strahlt wohnliche Atmosphäre aus - ein Wohnraum in dem auch gegessen wird - wienerisch natürlich.

PÜRSTNER (58)

Riemergasse 10 / 512 63 57
Täglich 10.00 bis 24.00 Uhr
Schanigarten
Mittlere Preise
Für leichter Behinderte geeignet

Ein immer wieder erweitertes Beisel mit schönen alten Drascheziegeln als Boden. Vor dem Ersten Weltkrieg war hier ein Pferdestall.

Dieses Haus wurde 1894 erbaut. Der Name Riemergasse scheint sich von „Römerstraße“ abzuleiten, wofür auch viele Münzfunde und vor allem Grabfunde sprechen.

DALMATIA (59)

Riemergasse 12 / 513 29 92
Montag bis Samstag 11.30 bis 15.00 und 17.30 bis 23.30 Uhr

Pürstner, 1998. (Kletter).

Sonntag und an Feiertagen ist Ruhetag
Schanigarten
Mittlere bis gehobene Preiskategorie
Für leichter Behinderte gut geeignet

Dalmatinische Speisen gehören auch zur Wiener Küche, insbesondere wenn der Gründer Herr PAIC aus Zadar stammt und seine Frau aus der Steiermark. Typische Wiener eben. Vor 14 Jahren wurde hier aus einem Kaffeehaus eine italienische Pizzeria. Seit 7 Jahren ist es nun ein kroatisches Fischlokal - mit besten Fischen aus der Adria.

WEIBELS BISTRO (63)

Riemergasse 21
Montag bis Freitag 8.30 Uhr bis 0.30 Uhr
Samstag, Sonntag und an Feiertagen ist Ruhetag

Keramikbild des mittelalterlichen Wien inWeibls Bistro

Mittlere bis gehobene Preise
Für leichter Behinderte geeignet

Im September 1998 ist nun schon das dritte gepflegte, stilvolle Lokal der Familie WEIBEL eröfnet worden. Dort wo bis dahin das KIWI war. Herr WEIBEL war schon Pionier bei der Errichtung einer modernen kleinen Weinverkostung, dann bei einem Beisel und jetzt bei einem Zwischending der beiden ersten Lokale. Es ist zwar ein Lokal mit Wienerischen Speisen, doch der Name soll für die Bistro-Philosophie stehen. Die Vereinigung eines Restaurants mit einem Bereich, in dem man auch stehend ein gutes Glas Wein trinken kann. Aus mehr als 200 Weinsorten kann der Gast hier wählen. Mehrere tausend Schilling kann hier eine Flasche schon kosten. Ein tüchtiger Mann. Cherchez la femme. Schon so manche Kärntnerin stand hinter einem erfolgreichen Wiener Gastronomen. Schönheit paart sich oft mit Kunstsinn und so ist in diesem neuen Lokal ein interessantes Keramikbild der Künstlerin Hertha v. BUCHER mit der Ansicht des mittelalterlichen Wiens zu bewundern. Das Kunstwerk wurde einmal für die KLEEMANN Optik angefertigt. Dieses Lokal ist durch die angenehme Umgebung dazu angetan - so nahe zwischen Handelsgericht und Finanzamt - beim

Gabelfrühstück mit den beispielsweise so köstlichen DÖLLERs Würsten, Finanzbeamte weniger streng und so manchen Richter gütiger zu stimmen.

GULASCHMUSEUM (60)

Schulerstraße 20 / 512 10 17
Montag bis Freitag 9.00 bis 24.00 Uhr
Samstag, Sonntag und an Feiertagen 10.00 bis 24.00 Uhr
Schanigarten
Mittlere Preiskategorie
Für mittelschwer bis schwerer Behinderte geeignet

Seit 1896 steht hier dieses Haus.

1986 wollte der renommierte Wirt aus dem 18. Bezirk, Herr SAILER auch ein Lokal in der Stadt. Das Kaffee St. STEPHAN war zu haben und daraus wurde das GULASCHMUSEUM. Sehr alt ist dieses gehobene Beisel noch nicht - aber bereits eine Wiener Institution. Seit 1.1.1997 bemüht sich nun Herr SVATUNEK als Geschäftsführer um dieses schöne Restaurant. Die Lederbänke wurden erneuert, die Preise den neuen Zeiten angepasst (leider etwas höher) und neue Lieferanten für die Fleischwaren gesucht. Nun wird nur mehr am Bauernhof geschlachtet. Die Tiere haben keinen Transportstreß und das Fleisch ist dadurch gesünder für Menschen. Nicht nur Tierliebe spürt man hier. Auch an Behinderte ist gedacht und es gibt auch eine Speisekarte in Blindenschrift.

WEIBELS WIRTSHAUS (61)

Kumpfgasse 2 / 512 39 86
Montag bis Samstag 11.30 bis 24.00 Uhr
Sonntag ist Ruhetag

Schanigarten
Mittlere Preiskategorie
Für leichter Behinderte geeignet

Ein elegantes Alt Wiener Lokal, das 1995 aus dem Café NICKY UND NICKYS entstand. Im siebentältesten Haus Wiens, das einmal St. Stephan gehörte und das von OTTO DEM FRÖHLICHEN gekauft wurde, der es dem Zisterzienserstift NEUBERG an der Mürz schenkte. Seither heißt das Haus NEUBERGER HOF, in dem schon seit dem 16. Jahrhundert ein Einkehrgasthof bestand.

BASTEI BEISL (64)

Stubenbastei 10 / 512 43 19
Montag bis Freitag 9.00 bis 24.00 Uhr
Samstag 11.00 bis 15.00 Uhr und 18.00 bis 24.00 Uhr
Sonntag und an Feiertagen ist Ruhetag
Schanigarten
Mittlere Preise
Für mittelgradig Behinderte möglich

Längere Zeit war dieses alte traditionelle Lokal geschlossen. 1978 wurde es durch Familie SCHEIFLINGER wieder zum Leben erweckt. Es ist ein schönes Restaurant mit viel Holz und Eisen. Das bestehende Haus wurde 1887 erbaut. Franz SCHUBERT hat hier in den Jahren 1823 und 1824 an der Oper „Rosamunde" gearbeitet.

SCHIMANSZKY (66)

Biberstraße 2 / 513 45 43
Montag bis Freitag 12.00 bis 14.00 Uhr und 18.00 bis 22.30 Uhr

Samstag 18.00 bis 22.30 Uhr
Sonntag ist Ruhetag
Preisgünstige bis mittlere Preise
Für Behinderte schwierig

Ein feineres Restaurant mit einer „Haube", in dem der Chef auf alles persönlich genau achtet.

Schimanszky 1998

PLACHUTTA (65)

Wollzeile 38 / 512 15 77
Täglich 11.30 bis 15.00 Uhr und 18.00 bis 24.00 Uhr
Schanigarten
Gehobene Preisklasse
Auch für schwerer Behinderte möglich

Trotz Rinderseuche und Gerüchten über krebserregende Stoffe lassen sich hier die Wiener uneingeschränkt seit 1996 die heimischen Spezialitäten des Rindfleisches schmecken.

In der Wollzeile gab es im zweiten Drittel des 19. Jahrhunderts den „SALON HOFZINSER", in dem der

Beamte des Finanzministeriums Dr. Johann Nepomuk Hofzinser Vorstellungen auf dem Gebiet der „höheren Magie“ gab. Seine „Stunden der Täuschung“ wurden von der eleganten Wiener Gesellschaft besucht.

Zum ZILLNER (67)

Dominikanerbastei 22 / 512 72 18
Montag bis Freitag 9.00 bis 24.00 Uhr
Samstag, Sonntag und an Feiertagen ist Ruhetag
Schanigarten
Mittlere Preiskategorie
Für schwerer Behinderte gut möglich

In diesem Bereich der Inneren Stadt war ein wichtiger Teil der Wiener Befestigungswerke. Hier stand die Kaiser Franz Josefs Kaserne, in der das 27. Infanterieregiment stationiert war. Das ist auch der Grund warum hier in dieser Gegend kaum eine der üblichen städtischen über Jahrhunderte gewachsene Infrastruktur besteht, weil bis zum Beginn des 20. Jahrhunderts bis zur Demolierung der Kaserne kein Platz für andere Bauten war. Es gibt kaum Geschäfte und nur einige Restaurants. Herr ZHOU führt den ZILLNER seit 1996 und hat nur ganz wenig Veränderungen an diesem Lokal vorgenommen. Laufkundschaft gibt es kaum, doch die höheren und leitenden Angestellten der nahen Postsparkasse, von Banken und auch von Versicherungen jenseits des Donaukanals, kommen gerne um gut bürgerliche Atmosphäre zu genießen.

PFUDL (68)

Bäckerstraße 22 / 512 67 05
Montag bis Samstag 9.00 bis 2.00 Uhr
Sonntag 9.00 bis 15.00 Uhr

Schanigarten
Günstiges bis mittleres Preisniveau
Für leichter Behinderte möglich

Der Name PFUDL ist kein wienerischer Dialektausdruck wenn's auch nach einem Schimpfwort klingt. So hieß lediglich der erste Besitzer 1924. Nun ist schon die vierte Besitzergeneration szepterführend. Seit 1994 Frau Ingrid HOREJSI, die zu den vielen Wiener Köstlichkeiten noch den „Pfudel-Strudel“ erfand. Ihr gelang es endlich einen großen Schanigarten zu eröffnen, ohne einen solchen die Sommermonate für Wiener Stadtbeiseln besonders schwierig sind.

Bis zur Regierungszeit Kaiser JOSEFS II befand sich hier die schola philosophorum der Jesuiten, nach ihrer Aufhebung die orientalische Akademie und ab 1785 der Hof-Trompeten- und Waldhornmacher Anton Kerner.

Die Bäckerstraße entstand in ihrem heutigen Bild als die Jesuiten 1625 den gesamten Gebäudekomplex in dieser Gegend für ihre Zwecke umgestalteten.

Stadt-Beisl INIGO (69)

Bäckerstraße 18 / 512 74 51
Montag bis Donnerstag 8.30 bis 24.00 Uhr
Freitag und Samstag 8.30 bis 1.00 Uhr
Sonntag und an Feiertagen 10.00 bis 16.00 Uhr
Musikveranstaltungen
Vernissagen
Preisgünstig
Für schwerer Behinderte günstig

Man muß erwähnen, daß es ein Beisl ist. Denn das Ambiente erinnert überhaupt nicht an ein typisches Wiener Lokal - die Speisen aber schon. Die hohen Fen-

Herr Pfudl mit Gästen 1936

ster gestatten einen atemberaubenden Blick auf die alte barocke Universitätskirche - man glaubt selbst ein Teil einer Theaterkulisse zu sein. Pater SPORSCHILL, der „Vater“ der Bukarester Straßenkinder, hat 1988 das INIGO gegründet, um Haftentlassenen als Überbrückung Arbeit zu verschaffen. Seit 1995 arbeiten hier aber vor allem Langzeitarbeitslose, denen wieder Selbstwertgefühl und Berufsalltag vermittelt werden soll. Vorher war hier ein katholisches Jugendzentrum. Doch caritative Einrichtungen gab es in dieser Gegend schon immer. So wurde daneben auf Nummer 16 im Jahre 1712 ein barockes Bürgerhaus errichtet. Dieses war das Haus der „SCHMAUSWABERL“, ein äußerst preisgünstiges Speisehaus, das die übriggebliebenen Reste von der Hoftafel billig bezog und ebenso billig weitergeben konnte. Das Lokal war bei Studenten sehr beliebt. Die Besitzerin war ursprünglich Barbara SCHNAUS, welche die Idee zur Gründung solcher Speisehäuser hatte. Noch 1919 gab es hier das Kaffeehaus „ZUR SCHMAUSWABERL“.

Im 1. Stock wohnte hier der Zauberer vom Cobenzl, Freiherr Karl von REICHENBACH, der Entdecker des „OD“.

STADTHEURIGER SPECHT (70)

Bäckerstraße 12 / 512 26 37
Montag bis Samstag 17.00 bis 2.00 Uhr
Sonntag ist Ruhetag
Kellerstüberl
Lifemusik
Preisgünstig
Für mittelschwer Behinderte möglich

Sei Mai 1996 ist der Besitzer Herr Dr. WOLFF, vorher war an dieser Stelle ein Kohlenhändler. Die Gewölbe sind aus dem 15. Jahrhundert und besonders heimelig ist das Kellerstüberl. Leider gibt's keinen Schanigarten.

WEIN COMPTOIR - GASTHAUS SEIFRIEDSBERGER (71)

Bäckerstraße 6 / 512 17 60
Montag bis Samstag 17.00 bis 2.00 Uhr
Sonntag und an Feiertagen ist Ruhetag
Gehobene Preise
Für Behinderte schwierig

Im alten schönbrunnergelben Haus im gepflegten Ambiente unter alten Gewölben wird verfeinerte Wiener Küche zelebriert.

NEUWIEN (72)

Bäckerstraße 5 / 513 06 66
Täglich 18.00 bis 1.00 Uhr
Kleiner Garten
Mittleres Preisniveau
Für mittelgradig Behinderte möglich

Der heutige Gastraum war einmal ein Innenhof. Der Eingang war die Zufahrt zu Wirtschaftsräumen und Pferdeställen. Heute ist es ein helles wienerisches Lokal mit vielen Bildern moderner Wiener Aktionskünstler, die sich gerne in Blut baden.

GUTENBERG (73)

Am Lugeck 7 / 512 73 65
Montag bis Freitag 7.00 bis 1.00 Uhr
Samstag 8.00 bis 1.00 Uhr
Sonntag 9.00 bis 1.00 Uhr
Großer Schanigarten
Mittleres Preisniveau
Für mittelgradig Behinderte möglich

Hier kann man im Sommer wie beim Heurigen bis Mitternacht im großen Schanigarten sitzen bei wienerischen und internationalen Speisen. Der Boden ist so wie hier überall historisch. In den Restauranträumen im Keller waren bis zum Umbau vor etwa 20 Jahren noch die steinernen Pferdetränken zu sehen. Jetzt sieht man noch die Rampe, über welche die armen Tiere nach einem schweren Tag in den Keller herab mußten. Vielleicht zeigt ihnen dies der Besitzer Herr GRÜNBERGER, der seit 1963 die Geschicke dieser traditionsreichen Gaststätte leitet. Bereits am Anfang des 14. Jahrhunderts ist hier der FEDERLHOF dokumentiert. Gäste waren hier WALLENSTEIN und PARACELSUS. Ein Bewohner war auch Carl Ritter v. GHEGA, der Erbauer der Semmeringbahn. 1845 wurde der FEDERLHOF abgebrochen und es entstand das heutige Gebäude. Bald darauf gab es hier das CAFE LUGECK.

Durchhäuser sind in Wien etwas ganz Besonderes. Denn sie sind nicht nur Abkürzungen zwischen wichtigen Punkten der Stadt, die von den Hausbesitzern gnadenhalber zu gewissen Zeiten geöffnet werden. Durchhäuser bergen auch Geheimnisse, die nur die Anrainer kennen - vor allem aber sind sie begehbare Stätten des uralten Wiens, so wie auch der Abkürzer vom Lugeck zum Stephansplatz. Hier verbergen sich historische Geheimnisse zwischen Devotionalienkitsch und noblen Geschäften. Auch das beste und schönste Teegeschäft der Stadt hat dort wo der Abkürzer die Wollzeile quert, seinen Platz gefunden. Der Geruchssinn wird aber nicht durch fernöstliche Gerüche angezogen sondern durch die Wirtshausdüfte des

FIGLMÜLLER (75)

Wollzeile 5 / 512 61 77, FAX 320 72 97
Täglich 11.00 bis 22.30 Uhr
August geschlossen
Schanigarten
Mittlere Preiskategorie
Für mittelschwer Behinderte benützbar

Dieser Teil des Durchgangs heißt auch „Schmeckender Wurm Hof", wobei schmeckend als riechend zu übersetzen ist. Man hat nicht schon vor 300 Jahren die Riesenschnitzel hier gerochen, deren Größe sogar in Übersee als lukullische Legende erzählt wird, sondern einen angeblichen Drachen - einen

Wurm. Geschichten ranken sich hier um verliebte Studenten und Bürgerstöchter. Wir sind ja hier auch mitten im ältesten Teil des mittelalterlichen Wiens. Eigentlich ist dieses Beisel ein Stadtheuriger - am „Land“ in Grinzing gibt's den größeren Bruder. Doch daß es auch ein echtes Beisel ist, das ist zumindest an den Altwiener Speisen zu erkennen, die hier in bester Beiseltradition auf den schwarzen Tafeln mit Kreide angepriesen werden. Seit 1905 gibt´s „Figlmüllers Gastronomie“ in Wien. Dieses Haus ist seit 1936, seit vier Generationen im Familienbesitz.

OSWALD UND KALB (73)

Bäckerstraße 14 / 512 13 71
Täglich 18.00 bis 2.00 Uhr
Mittleres Preisniveau
Für Behinderte gut zu benützen

Dieses Beisel wurde erst 1978 von Kurt KALB, einem Galeriebesitzer mit Faible für Beiseln und Evelyn OSWALD, deren Eltern sich in der Gastronomie auskannten, gegründet. Die Idee war, Wienerisches mit Modernem zu verbinden. Von letzterem ist vor allem die lange Bar geblieben - doch die Wiener Gäste haben dieses Lokal schon längst zu einem Beisel der besonderen Art degeneriert. Allerdings fehlt für ein echtes Wiener Beisel das Alter, die typische Schank, die etwas speckige Holztäfelung und und .. Doch haben die Gründer dieses Beiseltyps zu ihrer Zeit der Wiener Beiselszene den entscheidenden Anstoß zu Veränderungen gegeben. Beisln wurden „in“ - nicht nur bei alten Wienern sondern nun auch bei der Schickeria, in der Welt der Künstler und bei jenen die

An der Stelle des Restaurants Gutenberg gab es in den 20er Jahren (siehe die Mode der Damen) ein Kaffeehaus. (Gutenberg).

sich für das alles halten. Dieses neue Beiselgefühl hat sicherlich noch einige alte Lokale am Leben erhalten - insbesondere an Plätzen, wo die - siehe oben - verkehren. Doch wie es sich für ein echtes Wiener Lokal gehört, gibt es auch Geschichten und G'schichterln zu erzählen. Mitbesitzer und selbst häufigster Gast war der unglückselige DAIMLER, der zusammen mit Udo PROKSCH in die Versenkung des Schiffes Lucona verwickelt war. Verurteilt in Kiel, wird die ganze Wahrheit wohl niemals ganz herauskommen. Die Beteiligten schweigen und Jene, die vielleicht etwas mehr wissen, wollen aus gutem Grund nichts mehr erzählen - nicht einmal im Beisl. Durch diesen Kriminalfall aber hat Wien zwei Mitglieder der Wiener Szene an eine deutsche und eine österreichische Justizanstalt abgetreten. Seit 1992 führt Herr SAREIS dieses schöne Lokal.

DOMBEISEL (76)

Schulerstraße 4 / 512 91 81
Montag bis Freitag 8.00 bis 18.00 Uhr
Samstag und Sonntag ist Ruhetag
Preisgünstig bis mittlere Preiskategorie
Für mittelschwer Behinderte gut zu benützen - allerdings sind wieder einmal die Toiletten sehr eng

Der Name der Straße kommt wahrscheinlich von der 1389 gegründeten Juristenschule, könnte aber auch von der CANTOREI, der Singschule von St. Stephan stammen. Da wo heute das DOMBEISEL steht, gab es bei der Einmündung in den FREYTHOF den FÜRSTENHÜGEL, von dem die Landesfürsten zum Volk sprachen.

Seit 1923 gibt es hier an dieser Ecke hinter dem Dom Speis und Trank. Seit 1987 bemüht sich der derzeitige Besitzer um seine Gäste. Es ist ein typisches Wirtshaus mit hölzerner Wandverkleidung - teilweise gibt es Tischtücher, an manchen Tischen genügt auch die Resopalplatte.

Restaurant BAUER (77)

Sonnenfelsgasse 17 / 512 98 71
Dienstag bis Freitag 12.00 bis 15.00 und 18.00 bis 24.00 Uhr
Samstag. Sonntag, Montag und an Feiertagen ist Ruhetag
Mittlere Preise
Für Behinderte schwierig

Ein gutes Restaurant in altem Haus, das 1815 von der griechischen Gemeinde in Wien gekauft und als Schulhaus für die griechische Schule in Wien verwendet wurde.

Zur LINDE (78)

Rotenturmstraße 12 / 512 21 92
Täglich 15.00 bis 24.00 Uhr
Mittleres Preisniveau
Für Behinderte schwierig

1435 war die Rotenturmstraße ein Pfad, der von der mittelalterlichen Stadt zur Donau führte. Ein Fischer eröffnete hier eine Kneipe um seinen Fang zu kochen und zu verkaufen. Das Gasthaus hat in diesen bald 600 Jahren wechselnd gute und schlechte Zeiten gesehen. Durch Generationen führte die Familie LEHNER dieses Haus - auch als BIERHAUS ZUR LINDE. In der modernen Zeit hat hier der Kulturstammtisch des legendären Burgtheaterdirektors HÄUSSERMANN für einen besonders hohen Bekanntheitsgrad - durch Rundfunk und Fernsehen - gesorgt.

Die Stilrichtungen aller Zeiten, die hier durchlaufen wurden, sind irgendwo und irgendwie hier präsentiert. Vom in Blei gegossenen Farbglasfenster mit einer Ansicht des alten Wien über die gotische Inschrift eines alten Steins mit dem Gründungsjahr bis zum Gastsaal mit den barocken Steinbögen und weiter bis zum Wappenstüberl, das vom Jugendstilbaumeister Otto WAGNER entworfen wurde.

GRIECHENBEISL (79)

Fleischmarkt 11 / 533 19 77
Täglich 11.00 bis 1.00 Uhr
Mehrere historisch interessante Räume und Stüberln
Schanigarten
Mittlere bis gehobene Preiskategorie
Für schwerer Behinderte ist nur ein Raum geeignet

Der Fleischmarkt wurde schon unter den Römern als „via carnorum“ angelegt. 1447 stand an dieser Straße schon ein Einkehrgasthaus, das 1700 beschrieben ist als ZUM GROSSEN GULDEN HIRSCH. Doch an der Stelle des GRIECHENBEISELS muß es schon viel länger ein Wirtshaus gegeben haben. Denn 1500 wird bereits der schon länger existierende GELBE ADLER erwähnt. Jeder nWirt gab dem Gasthaus einen neuen Namen und so hieß es auch ZUM ROTEN DACHL und ZUM GOLDENEN ENGEL. Wer als Gast die jahrtausendealte Geschichte Wiens auf sich einwirken lassen will, für den ist ein Besuch hier Pflicht. Denn auf römischen Mauern erbaut, steht hier noch das älteste erhaltene Gebäude Wiens. Ein Turm mit steilansteigendem Satteldach, ein Überrest der alten Stadtmauer aus dem 12. Jahrhundert. Die älteste erhaltene Eintragung über den Verkauf dieses Turmes stammt aus dem Jahr 1447. 1450 ist hier ein Gasthaus aktenkundig. Das Haus ist erkergeschmückt, im Inneren zeigen viele verwinkelte Treppen, die einmal nach oben, dann wieder nach unten führen, daß hier seit Jahrhunderten immer wieder zu-, an-, um- und abgebaut wurde. Man kann sich hier als Gast in die Verteidiger Wiens hineinfühlen, als zweimal hier der Türkensturm an den Mauern abprallte. Die vielen Hochwasserkatastrophen zerstörten immer wieder Teile des Hauses. Erdbeben und Pest mußten die Insassen des Hauses mehrfach über sich ergehen lassen. Die legendäre Figur des „Lieben Ausgustin“, der eine Pestgrube, unter vielen Leichen liegend, lebend verlassen hatte und später sein berühmtes Lied „Oh du lieber Augustin, alles ist hin“, hier im GRIECHENBEISEL komponiert haben soll, erinnert an die schlimmen Zeiten, die Wien immer wieder ertragen mußte. Im 18. Jahrhundert begann der Aufstieg Wiens zur Weltstadt. Die Händler aus dem Orient und griechische Kaufleute siedelten sich auf dem Fleischmarkt an. Das Stammlokal wurde dieses Lokal gemeinsam mit den Reichenberger Tuchhändlern. Und so heißt das Gasthaus bis heute im Volksmund REICHENBERGER GRIECHENBEISEL - eine eigentümliche Kombination. 1852 erfand der Besitzer LEOPOLD SCHMIED das „PILSNER URQUELL BIER“, das von hier aus die Welt eroberte. Seit 1969 führt Familie KRÖTLINGER dieses unvergleichliche alte Wiener Lokal. Sie hat es mit viel Liebe verbessert, ausgebaut, erneuert - so wie alle Wirte in den Jahrhunderten vorher. Damit die Tradition gewahrt wird, die schon

Das Griechenbeisel und der Marhold in den 50er Jahren. (Griechenbeisel).

viele berühmte Weltbürger hierher geführt hat, die schon vor Jahrhunderten an den noch erhaltenen Butzenscheiben die Gastlichkeit des Hauses genossen haben. BEETHOVEN, SCHUBERT, WAGNER, STRAUSS, BRAHMS, WALDMÜLLER, MARK TWAIN, GRILLPARZER, NESTROY, SCHWIND, GRAF ZEPPELIN und so viele andere, deren Unterschriften an den Wänden und in den Gästebüchern stehen. Beim Umbau des Nachbarhauses - im nicht mehr existierenden GASTHAUS MARHOLD - wurden drei Kanonenkugeln aus der Türkenzeit gefunden, die nun hier ausgestellt sind.

ERDINGER STÜBERL (80)

Fleischmarkt 9 / 533 28 73
Montag bis Samstag 11.00 bis 24.00 Uhr
Sonntag ist Ruhetag
Mittlere Preise
Für leichter Behinderte gut möglich

Gleich neben dem hier alles dominierenden Griechenbeisel ein kleiner Nachfolger des einstmals berühmten MARHOLD, der ja schon seit 1923 bestanden hat. Die Gründerfamilie ist noch immer der Besitzer, jedoch wurde das Haus 1991 umgebaut und lediglich die „Schwemme" als Restaurant belassen, in dem auch viel „Erdinger Weißbier" ausgeschenkt wird.

Beim CZAAK (81)

Postgasse 15 / 513 72 15
Montag bis Freitag 8.30 bis 24.00 Uhr
Samstag 11.oo bis 24.00 Uhr
Sonntag ist Ruhetag

Mittlere Preiskategorie
Für Behinderte schwierig

Bis 1338 gehörte dieses Haus den Nonnen von Tulln. 1586 wird es als Einkehrgasthaus der Raaber Viehhändler erwähnt - es hieß ZUM WEISSEN OCHSEN. 1730 kam das „Handgrafenamt“ und die Hauptmaut in dieses Haus. 1779 war hier das damals berühmte GRIECHISCHE KAFFEEHAUS. Das GRIECHENBEISEL und die GRIECHISCHE KIRCHE sind ja nicht weit von hier. 1820 gab es hier das Hotel ZUR STADT LONDON.

Diese Traditionen werden nun durch die Familie CZAAK fortgeführt. Denn seit 1928 wird dieses echte Wiener Beisel mit der hervorragenden Wiener Küche von dieser Familie traditionell geführt. 1989 mußte der Küchenbetrieb aus personellen Gründen schließen und nun hat der Enkel des Gründers vor 70 Jahren, Herr PETER CZAAK gemeinsam mit ROMAN GALLER seit 1994 wieder das Wagnis eines neuen Beginns in Angriff genommen. Es scheint sich zu lohnen - zumindest für die Gäste.

Gasthaus Pfudl

Bäckerstraße 22, 1010 Wien

Tel. 516 67 05

ZWISCHEN KÄRNTNER- UND SINGERSTRASSE

Zu den DREI HACKEN (82)

Singerstraße 28 / 512 58 95
Montag bis Samstag 9.00 bis 24.00 Uhr
Sonntag ist Ruhetag
Schanigarten
Mittleres Preisniveau
Für schwerer Behinderte möglich

Dieses Gasthaus ist eines der ältesten in Wien. Der Name ist schon Jahrhunderte lang ein Begriff. Der Namensvorgänger befand sich in der Renngasse. Bei Berichten über die zweite Türkenbelagerung wird erwähnt, daß dieses Lokal schon am ersten Tag des

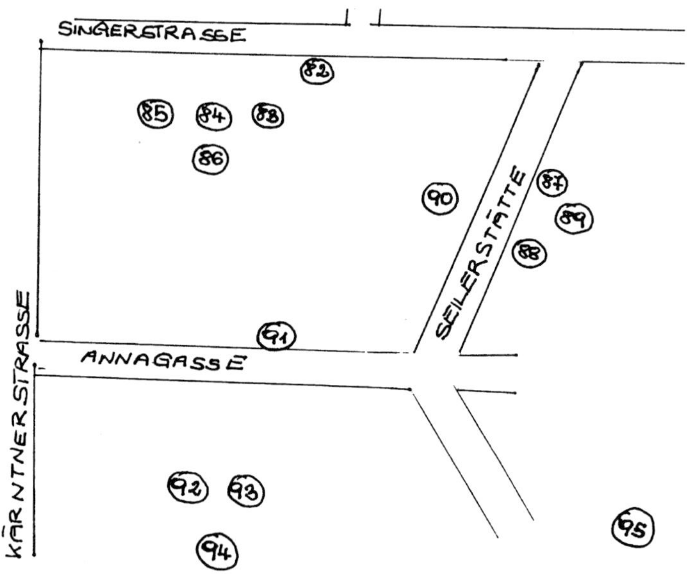

Kampfes in Brand geschossen wurde. In den zwanziger Jahren des vorigen Jahrhunderts traf sich dort eine illustre Runde, welcher SCHUBERT, der Maler SCHWIND, KUPELWIESER und SCHOBER, Therese KRONES, NESTROY und Wenzel SCHOLZ angehörten. Eine Tafel am Haus erinnert daran. Vor dem Bierhaus ZU DEN DREI HACKEN stand hier ein Teil des Franziskanerklosters. Später war hier der Standplatz für die Stellwagen zur Favoritenlinie.

WEINSTUBE OTTO OBENAUS (83)

Weihburggasse 17 / 513 52 88
Montag bis Freitag 8.00 bis 21.00 Uhr
Samstag und Sonntag ist Ruhetag
Preisgünstig
Für mittelschwer Behinderte möglich. Denn das Problem für Rollstuhlfahrer wären die Toiletten im Hof, den man sich übrigens genauer ansehen sollte wenn man schon hinaus muß - ein typischer Innenhof der alten Stadt.

Eine alte Wiener Weinstube seit 1854. Vor fast 150 Jahren war die heutige Gaststube eine Durchfahrt zum Schweinestall - man sieht noch am schönen Gewölbe mit den Säulen, daß dies hier einmal nicht das Innere eines Hauses war. Seit mehr als 35 Jahren bemüht sich die Familie Obenaus um ihre Gäste. Die täglich wechselnden wenigen Speisen (typisch für ein echtes Beisel !) werden im Gastraum neben der neuen aber stilechten Schank auf die schwarz-grüne Tafel geschrieben. Die beiden Damen, die dieses alte Gasthaus betreiben, sind besonders adrett gekleidet - die Haare fast vollkommen durch ein Tuch bedeckt - damit

Weinstube Obenaus, 1998. (Kletter).

kein Haar in die hervorragende wienerische Suppe fällt. Und so sieht es auch in den beiden Räumen und in der Küche aus - auffallend sauber und gepflegt.

DREI HUSAREN (85)

Weihburggasse 2 / 512 10 92
Täglich 12.00 bis 15.00 Uhr und 18.00 bis 1.00 Uhr
Luxus
Auch für schwerer Behinderte möglich

Der Name stammt von einer hier im 19. Jahrhundert betriebenen Bar.

Rund 50 Jahre sind es her, seit der legendäre „Baron" Egon v. FÖDERMAYER hier einen Restaurationsbetrieb übernahm. Mitte Dezember 1979 zog sich der Grandseigneur der Wiener Gastronomie zurück und nun hat schon Herr Uwe KOHL diese schwierig zu erreichende Position eingenommen.

Das Haus wurde 1684 nach der Zerstörung während der Türkenbelagerung erbaut, ein neues Haus 1797 errichtet und das heutige Haus 1896 erbaut. Vier Jahre lang lebte hier Johann STRAUSS Sohn und in diesem Haus war die Wohnung des Großindustriellen und Glasfabrikanten Ludwig LOBMEYER, der berühmt für seine Einladungen war. Welch gastliches Haus !

Zum WEISSEN RAUCHFANGKEHRER (84)

Weihburggasse 4 / 512 34 71
Täglich 11.30 bis 15.00 Uhr und 18.00 bis 24.00 Uhr
Am Abend Klaviermusik
Mittlere bis gehobene Preisklasse
Für mittelschwer Behinderte möglich. Die Gänge sind allerdings sehr eng.

Viel Holz, alte Bilder und Jagdtrophäen jeglicher Art in großer Menge. In diesem Haus ist 1403 der GÖTTWEIHER STIFTSHOF an der Ecke zur Rauhensteingasse nachgewiesen. 1464 wurde das Haus verkauft. 1812 war hier die Börse untergebracht. Seit 1998 ist ein neuer Besitzer angetreten, dieses alte Wiener Lokal vor dem Untergang zu bewahren.

Zum KUCKUCK (86)

Himmelpfortgasse 15 / 512 84 70
Montag bis Freitag 12.00 bis 14.30 Uhr und 18.00 bis 24.00 Uhr
Samstag, Sonntag und an Feiertagen ist Ruhetag
Gehobenes Preisniveau
Für leichter Behinderte möglich

1976 wurde hier aus einem Weinhaus gegenüber dem Finanzministerium der KUCKUCK. Sicher ist es

Gaststube im Weißen Rauchfangkehrer, 1998. (Kletter)

nicht - aber der Name wurde diesem Lokal gegeben, da es zwischen Finanzministerium und Exekutionsgericht liegt. Im 18. Jahrhundert gab es hier eine „Postschenke". Nicht nur die Pferde wurden hier aus dem tiefsten Brunnen Wiens getränkt. Der Stall war im Keller und dorthin wurden sie über eine Rampe gebracht. Hier wird noch und wurde vor allem der sogenannten „Wiener Neuen Küche" gehuldigt. Alte Wiener Speisen - nur gesünder zubereitet. Im Gästebuch gibt es eine beeindruckende Zahl von Schauspielern und Honoratioren, die gelungene Theaterpremieren in dieser besonderes gepflegten Umgebung gefeiert haben. Übrigens liegt im Gästebuch ein Handschuh der Präsidentin der serbischen Republik zur Abholung bereit, die ihn dort bei einer eher überstürzten Abreise aus Wien im Jahre 1998 vergessen hat.

Der Name der Gasse stammt vom Chorfrauenkloster „Zur Himmelpforte", das 1230 von der Gemahlin OTTOKARS I., CONSTANTIA, gestiftet und von Kaiser JOSEF II, 1782 aufgehoben worden war.

Nach der Sage hat die heilige Maria in diesem Kloster selbst als Pförtnerin Dienst getan.

RONACHER zum Kellergwölb (87)

Seilerstätte 13 / 512 63 61
Täglich 9.00 bis 2.00
Schanigarten
Günstige bis mittlere Preise
Für mittelschwer Behinderte möglich

„Der MNOCIL ist nicht mehr!" Dieser Schreckensruf durcheilte die Stadt und ergriff jeden Beiselfreund. Nach 30 Jahren wurde der Vorgänger dieses Lokals im Jahre 1996 aus Altersgründen des Besitzers geschlossen. Die alten hohen Gewölbe animierten Musiker einmal wöchentlich zu einem lauten Treffen. Nun ist eine Zwischendecke eingezogen und damit für mehr Gäste Platz. Der neue Besitzer bemüht sich trotz des neuen Ambientes um wienerische Atmosphäre und die ist ihm im großen und ganzen durch wienerische Speisen auch geglückt. Die alten Ziegelgewölbe sieht man immer noch.

DAS WIRTSHAUS S` MÜLLERBEISEL (88)

Seilerstätte 15 / 512 42 65
Täglich 10.00 bis 24.00 Uhr

Schanigarten
Mittlere Preise
Für mittelschwer Behinderte möglich

Bis 1965 gab es hier eine Branntweinstube. Das Wort Beisel war damals fast noch ein Schimpfwort für einen Gastronomiebetrieb. Dieses Lokal, von Herbert MÜLLER gegründet, hat bewußt diesen Namen bekommen um zu demonstrieren, daß es so etwas wie eine gute, alte, renommierte Küche gerade in diesen Beiseln gibt. Der darauf folgende Beislboom hat dem Besitzer recht gegeben.

Vielleicht hat ihm auch der geschichtsträchtige Boden geholfen. Denn in dem 1891 abgerissenen Haus, das vorher hier stand, wohnte Joseph HAYDN, zu dem 1801 ein junger Schüler - Ludwig v. BEETHOVEN kam und hier ein Jahr wohnte. 1803 starb in diesem Haus Franz Xaver SÜSSMAYER, der Hoftheater Kapellmeister, der die Partitur des Mozart-Requiems nach dessen Angaben und Aufzeichnungen fertigstellte. Seit 1991 führt die Familie OPERSCHALL das unverändert gebliebene Beisel im alten Stil in alter Güte weiter.

DANIEL (90)

Seilerstätte 16 / 513 44 50
Montag bis Samstag 12.00 bis 15.00 Uhr und 17.00 bis 24.00 Uhr
Sonntag und an Feiertagen ist Ruhetag
Schanigarten
Jugendstilbar
Galerie
Mittlere Preise
Für Behinderte schwierig

Im Daniel, 1998. (Kletter)

Dieses Haus hieß auch ZUR HOLLERSTAUDE wie die ganze Gegend hier. Allerdings hat an dieser Stelle, als noch kein Haus hier stand, der erste Flieder in Wien geblüht - der übrigens aus China eingeführt wurde. Der bei der Türkenbelagerung umgekommene Maler Tobias POCK, der den Hochaltar für die Stephanskirche von 1640-1647 um 25.497 Gulden anfertigte, ist der erste urkundlich genannte Besitzer. 1896 wurde hier der RESIDENZHOF von den Architekten des Ronachers gebaut, der vor allem Räume für den exklusiven jüdischen RESIDENZKLUB enthielt. 1938 wurde eine Fleischhauerei daraus und 1986 gründete der heutige Besitzer das bestehende, mit unglaublich viel Liebe fürs Detail renovierte, noble Restaurant, das auch „Palais im Palais“ genannt wurde. Der barocke Rahmen im Rondeau mit schönstem Stuck und den elegant gedeckten Tischen verdoppelt die ohnehin schon exklusiven Gaumenfreuden.

OSWALD UND KALB

1010 WIEN, BÄCKERSTRAẞE 14

TÄGLICHE ÖFFNUNGSZEITEN

VON 18.00 BIS 2.00 UHR

RESTAURANT IM MAILBERGER HOF (91)

Annagasse 7 / 513 40 82
Montag bis Freitag 11.30 bis 15.00 Uhr und 18.00 bis 22.00 Uhr
Oktober bis März geschlossen
Schanigarten
Mittlere Preiskategorie
Für Behinderte kaum möglich

In Mailberg im Weinviertel stehen Schloß und Kellereien, die seit Jahrhunderten im Besitz der Malteser sind.

Nach der Türkenbelagerung wohnte hier Kardinal Graf KOLLONITSCH mit den Waisenkindern, die nach der Türkenbelagerung zurückgeblieben waren. Dieses Kloster wurde durch Kaiser FRANZ II 1794 aufgehoben. Bis ins 19. Jahrhundert hieß die Annagasse im Volksmund auch PIPPINGERSTRAßE nach einem alten Wiener Bürgergeschlecht. Nach der Anna-Kapelle im gleichnamigen Kloster, das seit 1320 eine Pilger und Krankenherberge war, wird die Straße offiziell bezeichnet.

KÖNIGSBACHER BEI DER OPER (92)

Walfischgasse 5 / 513 12 10
Montag bis Freitag 10.00 bis 24.00 Uhr
Samstag 10.00 bis 16.00 Uhr
Sonntag und an Feiertagen ist Ruhetag
Schanigarten
Mittleres Preisniveau
Für schwerer Behinderte wegen der Enge des Lokals sehr schwierig

Vor 17 Jahren wurde hier ein neues Wiener Lokal gegründet. Vorher war hier eine Wäscherei und im ersten Stock ein Hotel. Das Interieur ist so geschickt gemacht, daß man diesem Restaurant weit mehr als 17 Jahre gibt. Es ist dabei, ein echtes (altes) Wiener Beisel der besseren Klasse zu werden. Nicht zuletzt durch den Einsatz der Juniorchefin.

PAULUSSTUBEN (93)

Walfischgasse 7 / 512 81 36
Täglich 11.00 bis 1.00 Uhr
Schanigarten
Mittwoch bis Sonntag Musik
Mittleres Preisniveau
Für mittelschwer Behinderte möglich

Dieses sehr alte wienerische Lokal wurde zur Zeit des Wiener Kongresses - also vor rund 180 Jahren gegründet - als Wien plötzlich eine große Zahl nobler und nobelster Gäste zu versorgen hatte. Das Haus wurde nach der Türkenbelagerung 1684 neu errichtet und hat sich seither abgesehen von Adaptationen nicht verändert. Der k. und k. Handelsminister DI PAULI gründete hier eine TIROLER WEINSTUBE, die später in dieses nach wie vor liebevoll gepflegte Restaurant umgebaut wurde.

DIE SPEDITION (94)

Mahlerstraße 13 / 512 89 61
Montag bis Freitag 8.00 bis 21.00 Uhr
Samstag, Sonntag und an Feiertagen ist Ruhetag
Schanigarten
Mittlere Preise
Auch für schwerer Behinderte geeignet

Die Spedition, 1998. (Kletter).

1989 war hier noch der Lagerraum einer Spedition. Da aber auch Spediteure gerne essen und trinken, hat der Besitzer ein Wiener Beisel eröffnet. Allerdings wäre es für die Arbeiter des Betriebes zu teuer - es sei denn der Besitzer läßt den Angestellten seiner Firma etwas vom Preis nach. Dieses Restaurant kann sich mit der Zeit zu einem echten - auch alten - Wiener Beisel entwickeln. Immerhin sind schon acht kommerziell schwierige Jahre vergangen. Viele Stammgäste gibt's schon und es werden immer mehr. Auch Heinz HOLLETSCHEK ist einer von ihnen, der hier auch Lesungen veranstaltet.

DUBROVNIK (95)

Am Heumarkt 5
713 27 55
Täglich 11.00 bis 24.00 Uhr
Im Juli und August von 15.00 bis 18.00 Uhr geschlossen
Musik von 19.30 bis 23.30 Uhr
Mittlere Preiskategorie
Für schwerer Behinderte möglich

Wir wissen, daß dieses Lokal schon im 3. Bezirk liegt. Doch gegenüber dem Stadtpark ist dieses typische Balkan-Restaurant zumindest optisch ein Teil der Inneren Stadt. Wer sich lukullisch am Balkan wiederfinden möchte, ist hier gut aufgehoben.

BESCHRIEBENE LOKALE